「シャーロットがバンタースのバルニエ侯爵の護衛たちに狙われています」
シモンはレオに尋ねたいことが山ほどあったものの
(最優先すべきはシャーロットの身の安全)と質問は後回しにした。

アデル
ランシェル王国の
第二王女。
甘えんぼな4歳児で
シャーロットのことが
大好き。
オリヴィエ
ランシェル王国の
第一王女。
シャーロットの弓の腕に
憧れるなど
活発な性格。
シャーロット
王城で働く下級侍女だったが、
現在は上級侍女に昇進。
王家の庇護のもと、
王子や王女達の
世話係を務めている。

ノエル
血筋に海賊の系譜を
持つチュニズ王国の王子。
城下で出会った
シャーロットを見初め、
妻にと望む。
イブライム
隣国である
バンタース王国の王太子。
シャーロットがとある人物に
似ていることに
気がつき――。
シモン
王国の精鋭部隊
『白鷹隊』に所属する
精悍な美丈夫。
シャーロットに好意を抱き、
支えたいと思っている。

（シモンさんは私を助けてくれた。
今度は私の番）
シモンが嬉しそうな顔になり、
シャーロットをそっと抱きしめた。
シャーロットは抱きしめられながら決意した。

シャーロット
〜とある侍女の城仕え物語〜
下
著＝守雨 Syuu
イラストレーター＝月戸 Tsukito
Charlotte
Second Volume

口絵・本文イラスト　月戸

Charlotte

Contents

Second Volume

第一章 国王夫妻の思い

朝の剣《けん》の鍛錬《たんれん》で、シャーロットの動きにキレがない。シモンはすぐに気づいた。

「シャーロット、どうしたの？　調子が悪いの？」

「実は昨夜、ルーシーさんから私が王妃殿下《でんか》のお茶会に招待されていると言われまして。緊張《きんちょう》してあまり眠《ねむ》れませんでした。そのせいかもしれません」

「王妃殿下に？　何の用で？」

「おしゃべりをするだけだそうです。でも私、王妃殿下とお話しできるような話題は何も持っていませんから。正直なところ困惑《こんわく》しています」

シャーロットは自分の秘密があっという間に国王夫妻に届いていることを知らない。

一方、それを聞いたシモンは（僕《ぼく》とシャーロットがこうして関わることを陛下が良く思っていないのではないか）と考えた。

陛下が自分とシャーロットの関係に関心を持っていることは気づいている。

「今日の何時？　抜《ぬ》けられそうなら僕も行くけど。僕は陛下とは親戚《しんせき》なんだ。だから招かれていなくても王妃殿下のお茶会なら参加できる。陛下とは子どもの頃《ころ》から遊んでもらっている仲だし」

「いえ、そんなご迷惑《めいわく》はかけられません。大丈夫《だいじょうぶ》です。今朝はせっかく早起きして来てくださっているのに、申し訳ありませんでした」

頭を下げたシャーロットにシモンが思い切って話しかけた。

「話は変わるけど、君は王都に出かけたりはするの？」

「衣装《いしょう》部のお使いでよく行きます」

「そうじゃなくて、食事とか買い物とか」

「いえ、そういうことはしたことがありません」

「甘《あま》いものは好き？」

「甘いもの……ええと、甘いものはあまり食べたことがなくて。でも嫌《きら》いではありません」

「え？　食べたことがないってどういうこと？」

そこでシャーロットが急に顔を赤くした。

「私はあの森の家で育ちましたので。獣《けもの》の肉と野鳥、川魚、庭先の野菜、少しの小麦粉で育ちました。甘いものはベリー類や蜂蜜《はちみつ》くらいで。月に一度キングストーンの町に出かけた時に果実水を飲むのがささやかな楽しみでした」

「そうか」

「あっ、でも、お城で働くようになってから同室の人がクッキーをわけてくれましたから、クッキーなら食べたことがあります。クッキーって美味《おい》しいですよね！　衣装部の先輩《せんぱい》の家でいただいたデザートも美味しかったんですよ」

（なんて可愛《かわい》らしいことを言うのか）

顔を赤くして「クッキーなら貰《もら》って食べたことがある」と言うシャーロットを、思い切り甘やかしてみたい、と思った。

シモンはシャーロットのことを、俗世《ぞくせ》の毒を知らない野の鳥みたいな人だと思っている。少しの会話からでも伝わってくるシャーロットの世間知らずなところ、純真過ぎるところも心配で見ていられない。

「お茶会、僕も行くよ。遅《おく》れての参加になるし、少ししかいられないけどね。君が窮屈《きゅうくつ》な思いをしないで済むように顔を出す」

「お気遣《きづか》いありがとうございます。でも……」

「僕がそうしたいんだ。お茶会は何時？」

「午後二時です」

「わかった」

シモンは少々苛立《いらだ》っていた。

(下級侍女《じじょ》が王妃のお茶会に呼ばれるなんて、聞いたこともない。きっと何か別の目的があるのだろう。もし王妃の呼び出しが自分に原因があるのなら『干渉《かんしょう》しないでほしい』と、はっきり言わねば)と思う。

話はそこで終わり、朝の鍛錬も終わりとなった。

二人が別々の方向に立ち去った後、建物の陰《かげ》から男が一人ゆっくり現れてシャーロットを見送った。バンタース王国の刺客《しかく》、レオだ。

レオはたまたま早く目が覚めた時にカンカンカンという木剣《ぼっけん》の音を聞いて(見て真似《まね》できそうな技があったら参考にするか)と、音を頼《たよ》りに鍛錬場所を探し当てた。すると、同じ城に勤めていながら全く姿を見かけないシャーロットがいるのを見て驚《おどろ》いた。

二人に自分の気配を気づかれるのを恐《おそ》れて、レオは連日遠く離《はな》れた位置から二人の動きを見続けていた。男の方は一対一ではやり合いたくない腕《うで》だったし、シャーロットも相当な腕の持ち主だとわかった。

(うっかりしたら返り討《う》ちに遭《あ》いそうだな)

レオはまだどちらの道を選ぶかを決めかねていた。

迷っているまま、連日シャーロットの鍛錬姿を眺《なが》めているのだ。

人は自分の家に入る瞬間《しゅんかん》、たいてい油断する。

だから彼女《かのじょ》が鍛錬を終えて建物に入る瞬間を狙《ねら》えばいいのは初日からわかっていた。だがシャーロットを暗殺することは、ゴミとして生き、ゴミとして処分されるかもしれない道を選ぶことだった。

「どうしたもんかな」

そうつぶやいてレオは下級男性使用人用の建物に戻《もど》った。


王妃の私室でお茶会が始まった。

「お招きいただきましてありがとうございます。下級侍女のシャーロット・アルベールでございます」

「ようこそ。こちらにいらっしゃい、シャーロット」

日当たりの良い部屋には王妃クリスティナ、第一王女オリヴィエ、第二王女アデルの三人が着席していた。オレリアン王子は勉強中だ。

(なんて美しい方々なのかしら)とシャーロットはひと目見るなり感動した。

三人とも透《す》けるような白い肌《はだ》、金色の絹糸のように艶《つや》のある美しい髪《かみ》、知的な灰色の瞳《ひとみ》。

王女二人は王妃によく似ていた。

王妃は華奢《きゃしゃ》な女性で、シャーロットに笑顔《えがお》を向けている。

壁《かべ》際には二人のお付きの侍女がいて、侍女を含《ふく》め、全員がとても上等なドレス姿だ。シャーロットは下級侍女の制服で（この部屋にいる私、場違《ばちが》い過ぎるのでは？）と一瞬《いっしゅん》弱気になった。だが（お母さんが教えてくれたマナーは今こそ全力で使うべき！）と気合を入れた。


一方、王妃はシャーロットが部屋に入った瞬間に心臓が飛び跳《は》ねた。

念《ねん》の為《ため》にバンタース王国の前国王夫妻の絵姿を見ておいたのだが、ソフィア王妃が生き返ったかと思うほど、シャーロットは母親に似ていた。

（これでは育ての親が城仕えを辞《や》めるように言うのも無理はない）と思う。

「さあ、こちらに座《すわ》って。一緒《いっしょ》にお茶を楽しみましょう。娘《むすめ》たちがあなたに会えるのをとても楽しみにしていたのよ」

王妃がシャーロットに椅子《いす》を勧《すす》め、侍女の一人がスッと椅子を引いてくれた。シャーロットは恐縮《きょうしゅく》しながらも礼儀《れいぎ》を忘れない。

「ありがとうございます」

伏《ふ》し目《め》がちに礼を述べて着席した。

お茶とお菓子《かし》を勧められ、シャーロットは母にみっちり鍛《きた》えられた所作でそれらを口にする。

間違《まちが》いなく美味しいはずの菓子なのに、緊張していて味も香りもわからない。

その様子を見ている王妃は、シャーロットの動作がとても洗練されていることに感心した。

「あなたは猟師《りょうし》の娘だと聞いているけれど、マナーは誰《だれ》かに習ったの？」

「母に習いました。幼い頃から母が厳しく躾《しつ》けてくれました」

「そう。お母様が」

シャーロットと話ができることを楽しみにしていたオリヴィエ王女がそこで早速《さっそく》質問を始めた。

「シャーロット、お兄様は小鳥が肩《かた》に乗ったと自慢《じまん》していたけれど、本当？」

「はい、本当でございます。小鳥はピチットという名前なのですが、ピチットは殿下《でんか》に懐《なつ》いて肩や頭に乗って遊んでおりました」

「羨《うらや》ましい……。私もピチットに会いたかった。あの刺繍《ししゅう》そっくりなの？」

「はい、色味も大きさもあのままでございます」

「リスもいたって、本当？」

「はい。木の上でクルミを食べておりました」

「はあぁ。お兄様ばっかりいいわね」

それまでお菓子を食べながら話を聞いていたアデル王女が、初めて口を開いた。

「小鳥、もっと欲《ほ》しい！」

「刺繍の小鳥、でございますか？」

「うん！　あとこれだけ！」

アデル王女が片手を開いている。

「あと五つ、でございますね、殿下」

「うん！　五つ！」

それを聞いてオリヴィエが驚いた。オリヴィエはひとつしか作ってもらえないものと思《おも》い込《こ》んでいたのだ。

「えっ、お母様、そんなに頼《たの》んでもいいのですか？　それなら私も五つ欲しいです！」

「どう？　シャーロット。できそう？」

「はい。お二人分で十種類、ということでよろしいでしょうか」

「そうね。いえ、どうしようかしら。オリヴィエ、十種類の小鳥を二人で分ける？　それとも取り合いにならないように五種類を二つずつ作ってもらう？」

「私は全部違《ちが》うのをひとつずつがいいです！」

「かしこまりました。いろいろな様子のピチットを十種類、でございますね」

「お母様、嬉《うれ》しい！」

「ふふふ、良かったわね」

二人の王女がご機嫌《きげん》だ。

オリヴィエ王女は（私に内緒《ないしょ》で森に行ったんだから、私もお兄様に内緒にしてやるんだから！）と思っている。

もちろん、そんなことを言えば母に叱《しか》られるので、口には出さない。

王女たちは並んで座っていると、お人形のようだ。

（王子様も可愛らしいと思っていたけれど、王女様たちのドレス姿はなんて愛らしいんでしょう）

シャーロットは思わず顔が緩《ゆる》んでしまう。

部屋に入った時は緊張し過ぎてキーンと耳鳴りがしていたが、今はだいぶ落ち着いてきた。クリスティナ王妃はそんなシャーロットを穏《おだ》やかな笑顔で眺めている。

オリヴィエは兄が『シャーロットは弓矢が得意だ』と言っていたのを思い出して質問した。

「シャーロットはどのくらい離れている物を弓矢で射貫《いぬ》けるの？」

「矢が届く範囲《はんい》で動かない的ならほぼ全て的に当てられます。あっ、間違えました。風が強いときは外すことが増えます」

「えっ」

驚いたのは王妃だ。

「私の兄は弓矢を好んで狩《か》りに使っていたけれど、ほぼ全てなんて、兄にはとても無理だったわ。シャーロットは素晴《すば》らしい腕なのねぇ」

「あっ、は、はい」

(褒《ほ》められた場合、なんて相槌《あいづち》を打てばいいんだったかしら)

相槌に困ったシャーロットは、母に習ったとおりの『曖昧《あいまい》な優《やさ》しい笑顔』を浮《う》かべながら答えた。

「私にとって弓矢は遊びのひとつでもありましたので」

「遊びでほぼ全てとは、驚いたわ」

そこから先は次々とオリヴィエ王女が質問をして、シャーロットはベリー類を集めてジャムを煮《に》たり、クルミをたくさん拾って保存食にしたり、鹿やイノシシを狩って干し肉や煮込《にこ》みを作ったりする話をした。

狩りと剣は父に習い、マナーと刺繍、裁縫《さいほう》は母に習ったこと。

猟師の家で育った父の肉料理が美味しいこと、家のそばの沢《さわ》の水を汲《く》んで全てに使っていたことなどを話した。

二人の王女はすっかりシャーロットの話に引き込まれて聴《き》き入っている。

「今度弓矢を見せてね！　絶対ね！」

オリヴィエが熱望した。

「私は喜んで披露《ひろう》いたしますが、どこでお見せしたらいいのか……」

「私が伝えておくわ。あなたとこの子達《たち》が行ったら練習場を貸してくれるよう、手配しておきます」

「ありがとうございます」

そこでドアが小さくノックされ、侍女が応対に出てすぐに王妃を振《ふ》り返った。誰が来たのかを侍女が告げる前に、王妃は「入ってもらいなさい」と答えた。

ドアが開いて入ってきたのはシモンだった。

シャーロットは（本当に来てくれたの？）と思ったが、王妃の前で私語を交《か》わすこともできず、目を丸くしてシモンを見つめた。王妃も思いがけない人物の登場に驚いた。

「あらシモン。あなただったの。どうしたの？」

「シャーロットが困っているのではないかと思いまして」

「困らせたりしていないわよ。どうしてそう思うのかしら？」

それを聞いていたオリヴィエ王女がすました顔で口を挟《はさ》んだ。

「私たちはシャーロットに森のお話をしてもらっていただけよ。シモンがお兄様だけを森に連れて行ったでしょう？　私たちは森に連れて行ってもらえなかったんだもの」

さりげなく兄ばかりずるいじゃないかと不満を匂《にお》わせるあたりが、頭が回る。

「あっ、そうでしたか」

「他にどんな用事があると思ったのかしら」

目元が笑っている王妃の顔を見て、シモンは自分が早合点《はやがてん》したことに気づいた。シモンは早々に退散しようとしたが、そこで再びドアがノックされた。

「陛下がいらっしゃいました」

お付きの侍女が告げる。それを聞いて（陛下まで？）とシモンが驚いた。

シャーロットは飛び上がるようにして立ち上がり、最上級のお辞儀《じぎ》をした。国王に会うのは初めてだったが、その迫力《はくりょく》と支配者特有のオーラに、口の中がカラカラになった。

「ああ、いい。楽にしなさい。クリスティナ、遅《おそ》くなった。なかなか片付かない書類があったものだからね」

「陛下、ちょうどシャーロットの話が終わったところですわ。この娘《こ》がシャーロットです」

「そうか、君がシャーロットか。オレリアンの見学では世話になった」

「シャーロットでございます。殿下のお役に立てたことは光栄でございました」

「オリヴィエ、アデル、少し他の部屋に行っておいで」

「はい」

侍女たちに促《うなが》されて二人の王女が部屋を出ていく。

シャーロットは（これは何ごと？　本当に何ごと？）と頭の中が真っ白だ。

着席するように王妃に言われて、粗相《そそう》がないように注意しながらそっと椅子に腰《こし》を下ろしたが、これから何が始まるのかと冷や汗《ひあせ》が出る。

「シモンもいたのか」

「はい、ですが私はこれで失礼いたします」

「そうだな。そうしてくれるか」

国王の顔が一瞬厳しくなったのを見て、シモンはシャーロットのためにここにいてやりたいと思う。だが先ほどの王妃の反応からすると、話題は自分とシャーロットのことではなさそうだ。ならばさすがに招待されていない身で居座《いすわ》ることはできず、シモンは退室した。

部屋には国王夫妻とシャーロットの三人だけになった。

エリオット国王が一瞬王妃《いっしゅんおうひ》と視線を合わせ、王妃がうなずいた。国王が真っ直《まっす》ぐシャーロットを見て口を開いた。

「シャーロット、ルーシーから聞いたよ。君はライアン国王とソフィア王妃の間に生まれ、すぐに連れ去られた、あの赤子だそうだね」

国王にずばりと核心《かくしん》を突《つ》かれて、シャーロットは固まったままゆっくり二度瞬《まばた》きをした。

その様子を見てクリスティナ王妃が苦笑《くしょう》した。

「悪いわね、陛下はこういうお方なの。持って回った話し方はなさらないのよ」

「失礼いたしました。王妃殿下、それはルーシーさんからお聞きになったのでしょうか」

「ええ。私のところにルーシーが相談にきたの。『どうかシャーロットを守ってやってほしい』って。それはもう必死だったわ」

シャーロットは、まさかそんな雲の上のお方に相談が行っているとは思っていなかった。一瞬魂《たましい》が口から抜け出るかと思うほど驚いたものの、必死に気を引き締《し》めてうなずいた。

「私も最近知ったばかりですが、私の出自はそのようでございます」

「君はそれを知ってもなお、侍女として働きたいそうだね」

「はい。私は王族として生きるつもりはございません。行方《ゆくえ》不明の母も、森で暮らしている父も望んでいないと思います」

国王夫妻が顔を見合わせた。

「養母が行方不明？　それは聞いてないが」

「一年以上前に『夜には戻る』と置き手紙をしたまま、両親は行方がわからなくなりました。幸い父は戻ってこられましたが、行方不明だった間に怪我《けが》をしたせいでここ十七年間の記憶《きおく》を失っております。ですから一緒に出掛《でか》けた母がどこにいるのか、今もわかりません。ですが陛下」

「うん？」

「三日後の私のお休みの日にエルベ前侯爵《こうしゃく》様と落ち合うことになっています。もしかしたら母の行方がわかるかもしれません。前侯爵様が来てくれれば、の話でございますが」

「エルベ侯爵家の先代が我《わ》が国《くに》まで来るのか。場所は？」

「お城の前の広場でございます」

王妃が国王を見つめた。国王が『大丈夫、任せなさい』というようにひとつうなずき、その手の甲《こう》に優しく自分の手を重ねた。

「昨夜クリスティナと話し合ったのだよ。シャーロット、我々は君を守ろうと思う」

「陛下……ありがとうございます」

「クリスティナがそなたの母の心情を思いやって泣くのだ。『他人事《ひとごと》とは思えない、生まれたばかりのわが子を連れて逃《に》げろと言わなければならなかった、その心が切ない』と言ってな」

それを聞いてシャーロットはハッとした。

（私、実の母の気持ちを全く考えていなかった）と。

帰って来ない両親を心配し続け、記憶を失った父を悲しみ、いまだに行方知れずの母を案じるだけでいっぱいいっぱいだった。

しかし今、自分の実母を思いやって泣いてくださったという王妃の優しさに胸が締め付けられる。

「私、今の今まで、大変な思い違いをしておりました。正直に申し上げますが、私は育てくれた両親のことばかりを心配しておりました。私は実の両親の顔を知りません。なので、実の両親の話を聞かされても、漠然《ばくぜん》と他人事のように受け止めておりました。あまりに冷たい娘でございました」

既《すで》に目をうるませている王妃が悲しみと優しさを同居させたような表情で小さく首を振った。

「今気がついたではありませんか。神の庭でソフィア様は喜んでいらっしゃるわ。それに、十七歳《さい》のあなたが受け止めるにはあまりに大きな事実ですもの、そこまで思い至らなかったのは仕方ないわ」

「親というものは自分のことより子のことを思うものだ。そなたがこうして元気でいることは、何よりもソフィア殿《どの》の魂《たましい》の癒《い》やしになっているはずだ」

「ありがとうございます、陛下」

「シャーロット、エルベ前侯爵が訪《おとず》れたら我々も会いたい。私たちも力になろう。シャーロットは我が国の民だ。我々を頼りにするといい」

「前侯爵が現れたらぜひ、城にお招きしたいわ」

「ありがとうございますっ！」

シャーロットはガタタ、と椅子の音を立てて思わず立ち上がり、深々と頭を下げた。

『シャーロット、立つ時に椅子の音をさせてはだめよ』と注意する時のマーサの声を思い出して、胸が締め付けられる。

王妃が静かに立ち上がり、壁際の飾《かざ》り棚《だな》から薄《うす》い紙箱を運び、それをシャーロットの前にそっと置いた。

「開けてごらんなさい」

王妃はそう声をかけてから自分の席へと戻った。

シャーロットは薄い紙箱の蓋《ふた》を開け、中から薄紙に包まれたものを取り出す。中身は二つ折りの高級な厚紙。シャーロットはそこに金色に箔押《はくお》しされている『ライアン・ダルド・バンタース王太子とソフィア・オルタ・エルベ侯爵令嬢《こうしゃくれいじょう》　成婚《せいこん》記念』という文字を読んで固まった。

二つ折りの厚紙を開く指先が微《かす》かに震《ふる》える。

「ふぅぅ」とひとつ息を吐《は》いて、ゆっくり絵姿を開いた。そこにはたくさんの勲章《くんしょう》と金モールをつけた凛々《りり》しい男性と、自分にそっくりな女性が並んで立っている。

女性は薄い水色のドレス姿。白い小花をダークブロンドの髪に散らし、男性の腕に軽く手をかけ、穏やかな笑顔だった。

「これは……」

「あなたがソフィア様にそっくりなこと、これでわかったでしょう？」

「確かに、私にそっくりでございます」

この部屋に入ってから驚くことが多すぎて、なんだかふわふわした心持ちでいたが、生まれて初めて自分の本当の両親の顔を見て、急にシン、と心が落ち着いた。

若くして病没《びょうぼつ》した父。

自分をこの世に送り出すのと引き換《か》えに命尽《つ》きた母。

漠然と『幸薄い人たち』という印象だった両親は、絵姿の中で幸せいっぱいの表情だ。

じっと見つめていたら、絵姿にぽたり、と涙《なみだ》が落ちた。

「あっ」

慌《あわ》ててハンカチを取り出してそっと押《お》し当て、涙の滴《しずく》をハンカチで吸い取った。ところがぽたりぽたりと涙が落ちてくる。急いで絵姿をテーブルに置いて、ハンカチで涙の滴を押さえた。

「とても……幸せそうです」

「そうね、幸せいっぱいな時間を切り取った絵姿ね」

王妃の声が涙声《なみだごえ》だ。

「私ね、この絵姿を見てたくさん泣いてしまったわ。こんなに幸せそうな二人が、数年後には神の庭へと旅立つなんて、誰も想像しなかったでしょう。本人たちはもっと思わなかったはずよ。だからシャーロット、あなたはご両親の分まで人生を楽しみなさい。この城で安心して暮らすといいわ」

王妃の優しい言葉でまた涙が生まれてしまう。

(早く泣き止《や》まなくちゃ)

そう思いながら何度も「ありがとうございます」と繰《く》り返した。

「この絵姿はいずれあなたが結婚《けっこん》して家庭を持ったらあなたに渡《わた》しましょう。今はまだ危

険だから私たちが預かっておくわね」

何度もお礼を述べてシャーロットは部屋を出た。ドアの外にはお付きの侍女たちが立って待っていた。彼女たちは泣き腫《は》らした目のシャーロットを見て一瞬だけ驚いた顔をしたが、さすがに王族のお付きの侍女だ。すぐに品良く挨拶《あいさつ》をして見送ってくれた。

シャーロットはまっすぐに衣装部の部屋に向かった。

「ただいま戻りました」

と声をかけたシャーロットを見て、衣装部の面々はまぶたと鼻の頭が赤いのに驚いた。だがその場では何も聞かない思いやりを示してくれた。

「こちらへいらっしゃい」

ルーシーに言われて奥《おく》の部屋に入った。

「王妃殿下はなんておっしゃったの？」

「それが、陛下もいらっしゃって、『この城で安心して暮らしなさい』と」

「はぁぁ、よかった。これで安心ね。お城の中までは変な人も入って来ないわよ」

「そうですね。ルーシーさん、本当にありがとうございました」

「部下を守るのも責任者の仕事よ」

これがルーシーの仕事ではないことぐらい、世間知らずなシャーロットでもわかる。

ルーシーの配慮《はいりょ》が心からありがたかった。

一方、シモンは夕方になってから王妃に呼ばれた。

「お茶会の時は悪かったわね。本当は何か用事だったのではなくて？」

シモンはさすがに『シャーロットが心配だったから』とは言いにくい。

「シャーロットが朝の鍛錬の時に『お茶会で何を話したらいいかわからない』と言っていたので様子を見に行っただけです」

「そう。とても楽しくお話しできたから心配はいらないわ」

「そうですか」

「シモン」

「はい」

「シャーロットは剣の腕が立つの？」

「はい。相当に」

「そう。あなたが言うなら信用できるわね。ではそろそろ私は仕事に戻るわ」

「はっ。失礼致《いた》します」

（なんでシャーロットの剣の腕を聞いた？）と訝《いぶか》しく思いながら、シモンは白鷹《はくたか》隊へと引き返した。

国王夫妻との面談の三日後はシャーロットの休みの日で、祖父であるエルベ前侯爵が来るかもしれない日だ。

朝のうちに王城前の広場に到着《とうちゃく》したリックは目立たない場所にいた。

広場の端《はし》に植えてある菩《ぼ》提樹《だいじゅ》の幹を背にして、広場に入ってくる人を見ている。少しでも動きの怪《あや》しい人物がいたら、シャーロットに「こっちに来るな」と合図するつもりでいた。

リックを見て、クレールが遠慮《えんりょ》がちに声をかけた。

「リック、なんていうか、あなたから殺気が出ている気がするわ」

「えっ。クレールがそう感じるなら、その手の人間には丸わかりだな」

「私が一緒だから農民がお城見物している、くらいに思われるわよ。安心して」

リックとクレールがそんな会話をしていると、シャーロットが城の方からキョロキョロしながら広場に現れた。クレールが少し呆《あき》れたようにつぶやく。

「やっぱり目立つわねぇ」

「目立つな」

「森の中でひっそり育てても、隠《かく》しきれないものって、あるのね」

「ああ、そのようだ」

リックとの打ち合わせ通り、クレールが一人でシャーロットに向かって歩き出した。シャーロットがすぐにクレールに気がついてパッと明るい笑顔になり、大きく手を振った。

「目立つから！」

クレールは思わず独り言をつぶやきながら苦笑した。

シャーロットは小走りになってクレールのもとに近寄ると、ギュッと抱《だ》きついた。

「クレールさん、先日はありがとうございました」

「いいのいいの。私は自分がしたいようにしているだけ。お父さんも来てるわよ」

「どこに……あっ！　いた！」

二人はリックに向かって歩き出し、ベンチにいた彼《かれ》と合流した。

「お父さん、この前はありがとう。オレリアン殿下が大喜びだったわ」

「そうか。お役に立ててよかったよ。シャーロットがお世話になっているんだ。あのくらいのおもてなしは当たり前だ。笛も作っているところだ」

「ありがとう！　それでね、話があるの。もし私のお祖父様《じいさま》たちがいらっしゃったら、国王陛下がお城に来てもらいなさいって。一緒に話し合いましょうっておっしゃってくださったの」

ニコニコしていたリックとクレールの顔が強張《こわば》った。

「シャーロット、お前、陛下に自分の生まれのことを話したのか？」

「ううん。話したのは職場の責任者よ。クレールさんが信用できそうって言ってくれたルーシーさん。そのルーシーさんが王妃殿下に相談してくれたの」

クレールが困った顔になった。

「それ、大丈夫なの？　もめ事になるから国を出て行けって言われない？」

「大丈夫、だと思います。王妃様が『ソフィア様が気の毒だ』って泣いてくださったんですって。私のことを助けてくれるっておっしゃってくださったの」

「それが本当なら安心だが……」

リックは王族や貴族に不信感がある。話が大事《おおごと》になっていることに戸惑《とまど》った。

「あっ。もしかしてあの馬車じゃない？」

シャーロットが見ている方向から黒塗《くろぬ》りの馬車が広場に入ってきた。

四頭立ての立派な馬車には家紋《かもん》こそ描《えが》かれていないが、造りが上等なことはひと目で見て取れる。その馬車はリックたちから少し離れた場所に止まった。

「シャーロット、行こう」

「はい、お父さん」

三人は緊張して近づいた。

使用人らしき男性が御者席《ぎょしゃせき》から降りてドアに手をかけたが、開けてもらうのも待てないかのように、六十代の男性が馬車から降りて来た。その男性が振り返って手を差し伸《の》べると、その手に支えられて同じ年代の女性が馬車を降りてくる。

二人は馬車を降りると感動の面持《おもも》ちでこちらに向き直った。

まず、リックが頭を下げ、シャーロットを紹介《しょうかい》してくれた。

「閣下、この娘《こ》がシャーロットでございます」

「初めまして。シャーロット・アルベールでございま……」

淑女《しゅくじょ》の礼をしている途中《とちゅう》で、シャーロットは祖父に抱きしめられた。

「ああ、なんてそっくりなのだろう。シャーロット、私がお前の祖父だ。フェリックス・エルベだ。ジョセフィーヌ、ソフィアに似ているなんてもんじゃないな?」

「ええ、あなた。まるでソフィアが生きているかのようです。私、胸がいっぱいで……ケヴィン、ありがとう。あなたたちがこんなに立派に育ててくれたのね」

クレールは離れた場所から（老夫婦《ろうふうふ》はどことなくシャーロットに似ている）と思いながら、この出会いを見ている。

リックがやや早口でエルベ前侯爵に話しかけた。

「閣下、大切なお話があります。シャーロットが言うには、ランシェル王国の国王陛下が閣下と話し合いたい、とおっしゃっているそうです」

「なんと。エリオット国王が？　本当か？」

「本当です。私も三日前にそう聞いたばかりで、ご連絡《れんらく》を差し上げられませんでした」

シャーロットの祖母ジョセフィーヌは、しみじみした顔でシャーロットを見ている。

「顔形が似ているせいか、声までよく似ているわ。ねえ、どういう状況《じょうきょう》なのか、お城に向かう前に私たちだけで一度話し合ってからにしませんか？」

「ケヴィン、我々からもお前に伝えねばならないことがある」

「はい。うかがいます」

落ち着いて話そう、ということになり、リック、シャーロット、前侯爵夫妻の四人は馬車の中へと戻った。

馬車の中で、まずエルベ前侯爵が苦しげな表情で口を開いた。

「ケヴィン、君は今リックと名乗っているんだったな。君の妻リーズは去年、病で亡《な》くなっている。君は記憶が無いそうだが、二人で馬車に乗ってリーズの兄に会おうとしていたのだよ。そこで君は土砂崩《どしゃくず》れに巻き込まれ、リーズは馬車から降りていて無事だったが、既に重体だったようだ。兄のエイデンに看取《みと》られて、息を引き取っている。エイデンが詳《しょう》細《さい》に手紙で知らせてくれたのだ」

「お母さんは、やはり……」

母のことは覚悟《かくご》していたシャーロットだったが、やはり他者の口から聞かされるとつらかった。唇《くちびる》を噛《か》んで目を潤《うる》ませるシャーロットの隣《となり》に座って、祖母が抱きしめてくれた。

「さぞかしつらいでしょうね」

「はい。母が病気なことも、かなり具合が悪いことも気づいていましたし、ずっと連絡がないので覚悟はしていました。母が独りで亡くなったのではなく、身内に看取られて神の庭に向かったのなら、安心しました」

「シャーロット。あなたはなんてしっかりしているんでしょう。でもいいのよ。泣きたい時は泣いたほうがいいの」

シャーロットは自分の頬《ほお》にいい匂いのハンカチをそっと当ててくれる祖母を見た。

上品で善良そうなその女性は、娘を失い、孫もいなくなり、どれだけ悲しい時間を過ごしてきたのだろう、と思う。

そんなシャーロットに祖母が思いがけないことを話した。

「リーズは年に一度ずつ手紙を送ってくれていました。あなたがどんな言葉を話し、何をして遊び、何を見て笑ったか、詳《くわ》しく書いて送ってくれていたの。だから私たちは希望を失わなかったわ。こうして顔を見て触《ふ》れることができるなんて思ってはいなかったけれど、心の中にはいつだってあなたがいたのよ。リーズは本当に忠義者でした」

リックとシャーロットは驚いた。

「そうだったんですか」

「そうだったんですね。私は全く知りませんでした」

「エリオット陛下はなぜ私たちを招いてくれるのだろうか。シャーロットを庇《かば》えばバンタース王国との関係を悪化させこそすれ、国の利益にはならんだろうに」

「私も本当のところはよくわかりません。でも、とても優しいお言葉をかけてくださいました。王妃《おうひ》殿下《でんか》が『他人事とは思えない、ソフィア様の気持ちを考えると切ない』とおっしゃって」

前侯爵が深くため息をついた。

「人というものは自分のために身内の命を狙うこともある。その一方で損得抜《ぬ》きで他人を守ろうとしてくれるのもまた、人なのだな」

「シャーロット、あなたは周りの人に守られているのね。ソフィアに守られ、ケヴィンとリーズに守られ、今は国王が守ろうとしてくださっている。あなたはそういう星の下に生まれたのね」

「ありがたいことだと思っていますお祖母様《ばあさま》」

「まあ、そう呼んでくれるのね。私たちはあなたに何もしてあげられなかった不甲斐《ふがい》ない祖父母なのに」

「シャーロットや、どうか私のことも呼んでくれるかい？」

「はい、お祖父様」

エルベ前侯爵は顔をくしゃくしゃにして妻の肩を抱いた。

「ジョセフィーヌ、長生きしているといいことがあるものだな」

「ええ、あなた。私たちはこれからも長生きしてシャーロットを見守らねばなりませんよ」

シャーロットはその言葉を聞いて温かな感情に包まれた。

両親が帰って来ない間、ずっと心細く孤独《こどく》だった。同僚《どうりよう》や先輩《せんぱい》に恵《めぐ》まれてはいたが、誰かと深く関わろうとする心の余裕《よゆう》がなかった。

なのにここへ来て急にクレール、シモン、王族の方々、庭師のポールやスザンヌ、ルーシーと、多くの人が自分のことを心配してくれる。

「あっ、そろそろ向かったほうがいいかもしれません。陛下が待っていらっしゃるんです」

「そうだな。行こうか」

クレールに断りを入れて、四人は城へと向かった。

歩きながら、シャーロットは胸の中の変化に気がついた。

あまりに惨《みじ》めで誰にも言えなかったが、この一年の間（私は産みの親に捨てられて、育ての親にも見捨てられたのではないか。私の何かが悪くて二度も捨てられたのではないか）という考えが繰り返し浮かんできて消えなかったのだ。

だから周囲から美しいと褒められるたびに（顔がなんだ。私は二度も親に捨てられたのに）と思ってしまい、そんな自分を持て余していた。

惨めな気持ちと暗い感情を、忙《いそが》しく働くことで必死に忘れようとしていた。

だけど、本当はそうじゃなかったと、今は知っている。

実母は私を守るために今の両親に私を託《たく》してくれた。

父と母は必死になって十六年間も私を育ててくれた。

両親が帰って来なかったのは私を捨てたからではなかった。

シャーロットは心に吹《ふ》き続けていた冷たい風が今、ぴたりと吹き止んでいることに気がついた。

城の奥まった一室で、六人が集まっている。

前侯爵夫妻は国王夫妻に心から感謝の言葉を述べた。その上で苦しかった胸の内を語っている。

前侯爵は知的な顔立ちに無念の思いを浮かべながら語る。

「私たちは隣国《りんごく》で暮らしている孫娘《まごむすめ》に何ひとつ手を差し伸べることができませんでした。生きていてくれれば十分ありがたい、そう思って私と妻はこの十七年間を過ごしてまいりました。そんな私たちにとって、陛下が救いの手を差し伸べてくださったことは、神の祝福にも等しいほどありがたいことでございます」

夫の言葉を小さくうなずきながら聞いていた夫人がシャーロットに目を向けて後に続いた。

「ジョスラン国王が当時、本当にこの子を手にかけようとしていたのかどうかは誰にもわからないことでございます。ですが、この子を失ってしまってからでは取り返しがつきません。人生をかけてこの子を育ててくれた侍女《じじょ》と衛兵の二人には、どれだけ感謝してもしきれない思いです。その上この度はこうして陛下までもが温情をかけてくださり、私どもは感謝の言葉もございません」

前侯爵夫妻の言葉を聞きながら、国王も感慨深《かんがいぶか》い。

国王には二人の弟がいる。国王と二人の弟たちは仲良く育ち、今も良好な関係を築いている。

（だがもし自分たちが二人とも急にこの世からいなくなって国王が代われば、子どもたちが生涯《しょうがい》にわたって安泰《あんたい》に暮らせるかなど、誰《だれ》にもわからない。誰のどんな思惑《おもわく》が動き出すか、平和な時には見えないものだ）と国王は思う。

「前侯爵、夫人、そなたたちが味わった苦しみを、王妃《おうひ》は我が身《み》に置き換えて涙していた。そして『自分が神の前に立った時に恥《は》ずかしくない行いをしたい』と私に訴《うった》えたのだよ。王妃が私に願い事をしたのは初めてなのだ」

「私が三人の子を一人も失うことなく育ててこられたのは、当たり前などではなく幸せなことだったのだと、私はシャーロットの話を知って気付かされました」

そこで国王は老夫婦に確認《かくにん》を取った。

「シャーロットはこのまま城で働きたいと言っている。だが私としては信用できる臣下に養女とさせ、それなりの身分を与《あた》えることも考えているのだが」

シャーロットとリックがハッとして顔を上げた。リックの顔には心配が、シャーロットの顔には困惑《こんわく》が浮かんでいる。前侯爵はそんな二人に優しく問いかけた。

「ありがたいお話ではありますが、それは私がお答えできる立場にありません。シャーロット、お前はどうしたい？」

シャーロットは即答《そくとう》した。

「私は今のままで十分でございます。お城で働くことが幸せで楽しいのです。どうぞ、今のまま、侍女としてお城に置いてくださいませ」

「そうか……。欲のないことだ。今よりずっと豊かな暮らしができるのだぞ？」

豊かな暮らしにシャーロットは魅力《みりょく》を感じない。自分が欲《ほ》しい物はお金では買えないのだから。

「陛下、わがままをお許しくださいませ。私はこの父と母と暮らした十六年間がとても幸せでございました。私は一生この父と母の娘《むすめ》でいたいのです。先ほど祖父より母が病で亡くなったことを聞かされましたが、あの母の娘として平凡《へいぼん》で穏やかに生きることが私の望みでございます」

リックはそれを聞いてそっと口元を押さえて涙を堪《こら》えた。

「シャーロット、あなたは本当に良い育て方をされたのね。だからかしら。私の子どもたちはすっかりあなたに魅了《みりょう》されたようだわ」

「オレリアンはそなたと過ごした森での時間がどれほど素晴らしかったか、何度も話している。それだけではないぞ。娘たちはそなたに刺繍《ししゅう》の小鳥を作ってもらうのが楽しみだと毎日繰り返している」

王妃がやんわりとシャーロットに語りかけた。

「ねえシャーロット、子どもたちの近くであの子たちを守ってやってはくれないかしら。シモンが言うには、あなたの剣《けん》の腕前《うでまえ》は相当なものだとか。そんなあなたが子どもたちの近くにいてくれたら心強いわ」

「殿下《でんか》方のおそばに上がらせていただけるなど、大変に光栄でございます」

驚《おどろ》いたのは前侯爵夫妻の方だ。

「なんと。ケヴィン、お前がシャーロットに剣を教えたのか?」

「私は残念ながら子育て中の記憶を思い出せないのですが、そのようでございます」

「お祖父様、私は弓矢と剣の扱《あつか》いを父に、マナーと刺繍と裁縫を母に、暮らしの知恵《ちえ》は両親に教えてもらいました」

国王が笑いながら森でシャーロットが二羽《わ》の鴨《かも》を仕留めたことを老夫妻に伝えた。

「鴨を」

前侯爵は目を丸くした。

「息子《むすこ》に聞いた時はまさかと思った。だが当日警護に当たっていた者に尋《たず》ねたら、惚《ほ》れ惚《ぼ》れするような弓矢の腕前だったそうだよ」

「父はもっと素晴《すば》らしい腕前でございます」

シャーロットの謙遜《けんそん》と父自慢《じまん》がおかしくて、前侯爵夫妻も国王夫妻も思わず笑ってしまった。

こうして国王夫妻と前侯爵夫妻の顔合わせは、穏《おだ》やかな雰囲気《ふんいき》で幕を閉じ、シャーロットたちは何度も礼を述べて退室した。

広場の馬車の中に戻《もど》り、前侯爵夫妻はシャーロットとの別れを惜《お》しんだ。

「また来る。生きている限りお前に会いに来る。だから達者で暮らすのだよ」

「はい、お待ち申し上げております、お祖父様、お祖母様」

そこでシャーロットは思い出して、首に下げていた小袋《こぶくろ》を取り出した。中から指輪を出して祖父母に返そうとしたが、老夫妻はそれをきっぱりと断った。

「その指輪は、ソフィアが婚約《こんやく》の際にライアン陛下から贈《おく》られたものだ。ソフィアがそれをシャーロットに持たせたのなら、お前が持っているべきだ。どうかソフィアの形見として大切に持っていてほしい」

「私には不相応な品だと思っておりましたが……では生涯大切にいたします」

そこで前侯爵は表情を引き締めてリックに向き合った。

見るからにずっしりと重そうな革袋《かわぶくろ》を旅行カバンから取り出してリックに手渡《てわた》し、革袋ごとリックの手を両手で力強く包んだ。

「ケヴィン、お前にはこれを受け取ってもらいたい。こんなことしかできない私を許してくれ。本当ならお前の汚名《おめい》を返上してやらねばならない。だがシャーロットの安全を考えればそれはできない。本当にすまない。お前とリーズが人生をかけて忠義を貫《つらぬ》いてくれたこと、私たちは死んでも忘れん」

そう言って前侯爵は深々とリックに頭を下げ、その妻ジョセフィーヌもリックに向かって頭を下げた。

侯爵夫妻を乗せた馬車が去っていく。

シャーロット、リック、クレールの三人は小さくなっていく馬車を見送った。

「クレール、閣下からマーサの墓の場所を教わったんだ。ニールスにマーサの墓があるそうだよ。俺《おれ》たちと一緒《いっしょ》に行ってくれるかい？　墓参りをして、君のおかげで俺とシャーロットがどれほど助けられたかをマーサに報告したいんだ」

「ええ、もちろんご一緒させて。マーサさんのこと、本当に残念だったわ。リックもシャーロットさんも、何かあったらいつでも相談してね。私で良ければ力になるわ。さあ、マーサさんに会いに行きましょう。ニールスの墓地まで、私が案内します」

クレールの荷馬車の後ろをリックの荷馬車が付いて進む。

父と娘が乗っている新しい荷馬車と馬は、シャーロットが提案してあの床下《ゆかした》の金貨で買ったものだ。リックは「それはソフィア様がシャーロットにくださったお金だから」と何度も断ったが、シャーロットは譲《ゆず》らなかった。

「私の母がこれを持たせたのなら、私を育てる時に使ってくれ、という意味よ。今までそのお金に頼《たよ》らずに私を育ててくれたのだから、そのお金はもうお父さんのものだわ。私が次にお休みを貰《もら》って帰ってくるまでに馬と馬車を買っておいてよ。お父さんが馬車で私をお城まで迎《むか》えに来てくれたら、その分お父さんと一緒にいられる時間が増えるじゃない？」

以前クレールと共に森の家に訪れた時、シャーロットはそう言って無理矢理《むりやり》父に約束させてから城に帰ったのだ。

マーサのお墓はクレールの家から馬車で十分ほどのところにあった。

近隣《きんりん》住民の墓が並んでいる墓地の片隅《かたすみ》に、リーズ・オーバンの名を刻んだ新しい墓石があった。前侯爵夫妻が広場に来る前に立ち寄ってくれていたらしく、墓前には真新しい花束が既に供えられていた。

「お母さん。やっと会えた……」

シャーロットはそれだけを言うのがやっとだ。白い墓石に抱きつき、目を閉じた。

リックは地面に両膝《りょうひざ》をついて額を墓石に乗せて泣いた。

クレールは二人を見てもらい泣きしている。

「私が覚えている最後の頃《ころ》のお母さんはつらそうだった。今はもう病気に苦しむことがないんだもの、それを喜んであげましょうよ、お父さん」

「そうだな。父さんは思い出したい。マーサやシャーロットとどんな十六年間を一緒に過ごしたのか。思い出せないのが悔《くや》しいよ」

シャーロットは絞《しぼ》り出すような声でそう話す父の肩《かた》に手を置いて慰《なぐさ》めた。

「きっといつか思い出せるわ。思い出せなかったら私が何度でも話してあげる。お父さんとお母さんがどう暮らしていたのか、私は全部覚えているもの」

三人で祈《いの》りを捧《ささ》げ、その夜はクレールに誘《さそ》われて彼女《かのじょ》の家で夕食をご馳走《ちそう》になった。

父はクレールの家に馴染《なじ》んでいて、勝手知ったる感じに動いている。

（これでいいんだ。お父さんにはお父さんの人生がある。私のためにもう十七年も使ってくれた。これからはお父さんも自分のために生きるべき。お母さんの魂がもし今ここに来ていたなら、きっとそう言う。お母さんは心の器が大きい人だったもの）

シャーロットは少しの寂《さび》しさと父への労《いたわ》りを込《こ》めてそう思った。

第二章

レオの迷いとシモンの苦悩

オレリアン王子は今も遠眼鏡を愛用している。

早朝に小さな笛を持って見張りの塔《とう》に登る。

笛は森に見学に行った日からしばらくして、「シャーロットに頼《たの》まれました」と言ってシモンが持ってきてくれた。

早朝、見張りの塔に登り、笛を鳴らしてみた。

最初はスピスピ鳴るだけで、とても小鳥の歌にはならなかった。しかし、連日練習しているうちに段々と上手《うま》く鳴らせるようになっていく。それもオレリアンは嬉《うれ》しい。

小鳥の鳴き声を真似《まね》して笛を鳴らし、素早《すばや》く遠眼鏡で辺りの木々を観察する。

するとある日、ピチットとは違《ちが》う種類の小鳥が笛に応じて鳴いてくれた。心臓がトクンッと跳《は》ねるほど嬉しい。

笛を鳴らすと競《きそ》うように小鳥がそれに応える。野鳥好きなオレリアンは毎日夢中になっていた。

そんなある日。

小鳥の笛を鳴らしてから遠眼鏡で庭を眺《なが》めていると、シモンとシャーロットがいつものように鍛錬《たんれん》をしているのが見えた。

(今日もシャーロットは頑張《がんば》っているな)

そう思って遠眼鏡を外そうとした時だ。

(あれ？　あの者は何をしているんだ？)

一人の男が離《はな》れた建物の陰《かげ》から鍛錬している二人を見ている。急いでピントを合わせて男の顔を見る。見覚えはないが、早朝に城の中にいるということは、城に住《す》み込みで働いている使用人だろう。

「見ているのはおそらくシャーロットだよね？　シャーロットは綺麗《きれい》だからなぁ」

そう思ってその場は男のことを忘れて小鳥とのやり取りを再開した。

その男を再び見たのは数日後だ。今度は勉強が終わった午後。

遠眼鏡でまた庭を見ていると、シャーロットが買い物籠《かご》を腕《うで》にかけて使用人用の門に向かって早足で歩いていた。

すると、梯子《はしご》を木に立てかけて上の方で剪定《せんてい》作業をしていた庭師の一人が、シャーロットがまさにそこを通りかかる瞬間《しゅんかん》に手に持っていた木の枝を下に落とした。

「危ない！」

遠眼鏡を見たまま思わずそう声に出したが、木の枝はシャーロットの前に落ちたので怪《け》我《が》はなさそうだった。落とされた枝は、まともに当たっていたらコブくらいはできそうな大きさはあった。

「良かった。もう、危ないじゃないか。気をつけてよね」

そう独り言を言いながら男の顔にピントを合わせてビクリ、とした。

その男の顔に見覚えがあった。間違《まちが》いなくシャーロットの鍛錬を陰から見ていた男だった。

オレリアンは密《ひそ》かに自慢に思っている能力があり、それは「一度見た人の顔を忘れない」ことだ。父にも教師たちにもそれは何度も褒《ほ》められている。「人の上に立つ者として大切な能力だ」と。

「間違いない。あいつだ。ていうことは、もしや今のはわざと？」

急に胸の鼓動《こどう》が速くなり、手に汗《あせ》がじんわり滲《にじ》む。

遠眼鏡の中で、男は木から降りてきて、何度もシャーロットに頭を下げている。シャーロットは笑顔《えがお》で男と会話している。何をしゃべっているのかはわからないが、シャーロットは男がわざと木の枝を落としたとは思っていないようだ。

すぐにシャーロットは立ち去り、男はその後ろ姿を見送っていた。


シャーロットは買い物を頼まれてガラスのビーズを買いに店へと向かっている。上級侍女に変わるまで、まだ少しの期間は衣装部《いしょう》で働くことになっている。

「あの時の人がお城の庭師さんだったなんて、びっくりだわ」

男は名前をレオと名乗り、

「植物が好きで山歩きをしているうちに迷子になった。あの時はパンをありがとう。ひもじかったから本当に助かったよ。今度、お礼をさせてほしい」

と申し出た。それは辞退したが、

「じゃあ、今度一緒にお昼を食べようよ」

と言われて断る理由もないので了承《りょうしょう》して別れた。

「たまたま枝が落ちてきて再会するなんてこともあるのね」

シャーロットはあっという間にビーズを売っているお店に到着し、それきり男のことは忘れてしまった。

ところが翌日、シャーロットが食堂にお昼のパンを取りに行くと、昨日の男がちょうどパンを受け取って食堂から出てくるところだった。

「やあ、また会ったね。昨日は本当に悪かった」

「気にしないでくださいね。私はなんともなかったんですから」

「よかったらこれから一緒に食べないか？　クレマチスが今、見頃《みごろ》なんだよ。でも誰も見に来る人がいなくてもったいないんだ」

「クレマチス、ですか？　私、花壇《かだん》の花にはあまり詳しくなくて、花の名前を知らないんです。見に行こうかな」

「よかった。誰かに見てほしかったんだ」

二人で並んで歩き、シャーロットがあまり立ち入ったことがない区域に来た。

そこには四阿《あずまや》があり、四阿を取り囲むように様々な色合いのクレマチスが咲《さ》いていた。

「きれい！」

「きれいだよね。俺もここで働くまでクレマチスの名前を知らなかったよ。こんなにきれいなのに誰も見てやらないのが気の毒でさ。よかったよ、君が見てくれて」

四季咲《しきざ》きのクレマチスは白、濃《こ》い青、薄《うす》い青、ピンク、紫《むらさき》、赤紫と様々な色があった。

格子《こうし》に組まれた柵《さく》に絡《から》みついて、凛《りん》とした強い印象の花を咲かせている。

二人で並んで四阿のベンチに座《すわ》って、クレマチスを眺めながらパンを食べた。

「こんな場所があったんですね。全然知りませんでした。レオさんはお城仕えは長いんですか？」

「いや」

「じゃあ、ここの前は何をしてたんですか？」

「まあ、いろいろかな。ここはいい職場だな」

「はい！」

シャーロットは旺盛《おうせい》な食欲《しょくよく》でパンを食べている。

レオはその様子を見るともなしに見ながら、ふと思ったことを口に出してみた。

「君はもっといい暮らしがしたいとは思わない？」

「私がですか？　いい暮らし？」

「うん」

「全然。これは綺麗事《きれいごと》じゃないですよ。本当です。私、最近願い事が叶《かな》ったばかりで、今が十分いい暮らしです」

「へええ。君くらい綺麗だったら、もっと楽してたくさん稼《かせ》げるんじゃないの？」

「お金があっても不幸な人はいるんじゃないのかしら」

シャーロットは少しだけ考えてからモグモグと食べていたものを飲《の》み込み、上半身ごとレオの方に向けて話し始めた。

「レオさんはお金がたくさんあったら幸せなんですか?」

「さあ、どうかな。でも、金で防げる不幸はあるよ」

「私の母は昔、『すごくお金持ちなのに身内の死を願うような哀《あわ》れな人がいた』と言ったことがあったんです。『きっとその人は本当の幸せを知らずに人生を終える』って」

シャーロットは食べ終えて、パンを包んでいた白い布を丁寧《ていねい》に畳《たた》んだ。

「実は、私がずっと帰りを待っていた母が亡くなっていたことを知ったばかりなんです。父も怪我をして私と暮らした記憶《きおく》を忘れていました。それ以来、私だっていつ何が起きて死ぬかわからないんだなって思うようになりました」

「そうか。ずいぶん大変だったんだね」

「だから、ある日突然《とつぜん》死ぬようなことがあっても、『そこまでは頑張った。できるだけのことはしたのよ』って神の庭で母に笑って言えればいいかなって思っています。もちろん楽しく長生きしたいとは思いますけど」

「なるほど」

レオはまた黙《だま》ってシャーロットと一緒にクレマチスの花を眺めた。

昨朝、たまたま枝を落とした近くにシャーロットがいて焦《あせ》った。まさかあんなに速く近づくと思わなかったのだが、自分の不注意だった。すごい速さで歩いてきたのがシャーロットとわかって、どうしてもまた話をしたくなった。

何度も謝罪をして会話もした。相変わらずこの娘は善人だった。

（身内の死を願う金持ちか）

それは間違いなくあの人物のことだろう。つまりケヴィンとリーズは国王の意図を察して赤《あか》ん坊《ぼう》を連れ去ったわけだ。いや、前王妃も知っていたのかもしれない。

その張本人に雇《やと》われて生きてきた自分の半生を思うと、情けなくてシャーロットを直視できない。

レオは昼食を食べ終わったシャーロットと別れ、庭師小屋に戻った。小屋にいた庭師長のポールがレオに声をかけてきた。

「レオ、午後は俺と生け垣《がき》の剪定をやるぞ」

「はい」

しばらく二人で組んで庭木の剪定をこなしていたが、午後の休憩《きゅうけい》時間にポールが話しかけて来た。

「レオ、お前はなかなか筋がいい」

「ありがとうございます」

「お前がその年まで何をしてきたのか、俺は知らん。だが、身が軽いし自分が使った道具類の手入れを欠かさないでやってることは知っている。刃物《はもの》は正直だ。手入れをしているかどうか、見ればわかる。お前は庭師に向いているな。お前にその覚悟があるなら一人で食っていけるようになるまで俺が知っていることを全部教えてやるぞ」

「……はい」

「なんだ、嫌《いや》なのか？」

「いえ。自分みたいな半端者《はんぱもの》にはありがたい話なんで驚いてます」

「お前、親は？」

「いません。父は去年死にました。母は俺が子供の頃に家を出て行きました。兄も病気で死にました。なので身内は一人もいません」

ポールが目元をすこしだけ和《やわ》らげた。

「じゃあ俺のことを親と思え。俺もお前のことをだいじな息子と思って遠慮《えんりょ》せずに鍛《きた》える」

「それは……ありがたいです。よろしくお願いします」

「よし。頑張れよ」

「はい」

「それと、早起きもいいが、ちゃんと寝《ね》て身体《からだ》を休ませろ」

レオは（知っていたのか？）とギョッとしつつうなずいた。

立ち上がって剪定バサミを拾い上げ、腰《こし》を叩《たた》いているポールに手渡した。

（俺、とっくに分かれ道を通り過ぎていたんだな。気がついたらやたら善人に囲まれてるじゃないか）

レオは今までそれに気づかずにいた自分を少しだけ笑った。

捜索隊《そうさくたい》の最後の一人が消息を絶ったら、誰かが探しに来るだろうか。それとも死んだと思われて終わりだろうか。

（その時はその時か）

そう覚悟を決めて、レオは残りの仕事に取り掛《か》かった。


レオとの会話からしばらくして、庭師ポールはオレリアンの部屋にいた。

「殿下、話をしてみましたが、あいつはそう悪いやつでもないですよ。枝はたまたまだと思います。今後は当分の間、私がしっかり近くで見張っておきます。二度と人の近くに枝を落とすことがないように気をつけさせます」

「ほんとにぃ？　ちゃんとあの男に話を聞いたかい？」

「はい。鍛錬を覗《のぞ》き見していたのもやんわりと注意しておきました」

「そう。じゃあ、これからはよく見張ってよ？」

「はい。お約束します」

「ならいいけど。頼んだからね！」

オレリアンはそう言うと、午後の勉強に戻った。


シャーロットとスザンヌが一緒に昼食を食べている時のことだ。シャーロットが唐突《とうとつ》な申し出をした。

「スザンヌさん、ちょっと抱《だ》きしめてもいいですか？」

「ごふっ、ごふごふっ」

「あらら、むせたんですか？　お水をどうぞ」

「ごふごふっ。もう、シャーロットったらなによ、いきなり」

衣装部の先輩スザンヌは、お昼のパンを飲み込むところだったので盛大《せいだい》にむせた。

「お世話になっている方にワンピースを作ってプレゼントしようと思っているんですけど、なんとなくスザンヌさんと感じが似てるから」

「それで私を抱きしめようとしたの？」

「はい」

「いいけど。ちゃんとサイズを測ればいいのに」

「なかなかお会いできない人なので。それと、季節が変わる前に仕上げて渡《わた》したいんです」

「いいわよ、ほら」

食堂の椅子《いす》からスザンヌが立ち上がり、両腕《りょううで》を横に広げた。

シャーロットが満面の笑《え》みで立ち上がって、スザンヌにそっと抱きついた。

「どう？」

「同じ感じです！」

「わかった。じゃあ、私のサイズ表を渡すから。ワンピースは縫《ぬ》ったことがあるのよね？」

「二度」

「二度しか作ったことがないのに贈り物にするの？　大丈夫《だいじょうぶ》なの？」

「多分」

「ええ？　心配だわねえ。毎日その製作中のワンピースを持っていらっしゃいよ」

スザンヌは四人姉弟《していい》の一番上。面倒見《めんどうみ》の良さは習《なら》い性《しょう》となっている。

休憩時間や仕事終わりに何かと声をかけて、シャーロットのワンピース作りをチェックしている。その都度直すべきところや気をつけるべき箇所《かしょ》をシャーロットに教え続けた。

スザンヌの丁寧な指導もあって、クレールに贈るワンピースは無事に形になった。

紺色《こんいろ》のワンピースはあまりサイズにこだわらないゆったりしたデザイン。丸襟《まるえり》と七分丈《しちぶたけ》の袖《そで》の袖口がグレーの、地味だが品のあるものになった。

袖とボタン穴の周囲には、同じ紺色の刺繍糸《ししゅういと》で花と茎《くき》、葉の精緻《せいち》な刺繍がしてある。雌《し》雄《ゆう》はパッと見にはわからないが、近くで見るとわかる。衣類に華《はな》やかさを求めなそうなクレールへの思いやりだ。

「よし。あとは前ボタンを付ければ完成！」

そう言って針箱の中を探したが、適当なボタンがない。

ウサギの毛皮のベストが好評で、ポールに渡した物以外に四着作った。ほとんど手持ちのボタンをそちらに使ってしまっていることに気がついた。

時刻は夕方の六時半。使用人用の食堂に夕食を食べに行かなくてはならないが、ボタンも買いたい。

「たまには外食をしてもいいわよね」

祖父から父にたくさんのお金が渡された。森の家のお金もある。もう自分が生活を切り詰《つ》めて父の老後に備えて貯金をしなくてもいいのだ。

シャーロットは唯一《ゆいいつ》持っているお出かけ用の水色のワンピースに着替《きか》えた。ボタンを買いがてら一人で外食してみようと思い立った。

いつもの肩掛《かたか》けカバンに少しのお金とハンカチを入れて宿舎を出る。使用人用の門を出たところで鍛錬から戻ってきたらしい十人ほどの騎士《きし》たちと鉢合《はちあ》わせをした。

ぺこりと頭を下げて脇《わき》にどき、騎士の集団の脇を通り過ぎようとしたら声をかけられた。

「シャーロット」

「はい？」

振《ふ》り返るとシモンだった。

「シモンさん。お帰りなさいませ」

「どこかに行くの？」

「ごはんを食べに」

「一人で？」

「はい。初めての冒険《ぼうけん》です」

そう言って笑ったシャーロットに、シモンは小声の早口で話しかけた。

「俺も一緒に行ってもいいかな。大急ぎで着替えてくるから」

「はい、かまいませんけど、私が行くのは……」

「ちょっと待ってて！」

言うなりシモンは仲間に「悪い！　先に行く！」と声をかけ、誰の返事も待たずに猛烈《もうれつ》な勢いで走り去った。

それを見送って、シャーロットは（一緒にって。私は屋台で何か買ってベンチで食べるつもりだったのに）と眉《まゆ》を下げる。

おそらく貴族のシモンは屋台でなど食べたことがないだろう。かといって貴族が利用するような高級な店で食べるほどのお金を持ってきていない。

（どうしよう。困ったわ）

そう待たずにシモンが走って戻ってきた。

黒に近い濃いグレーのシャツに少し淡《あわ》いグレーのズボン。走ったせいか、額に汗が浮《う》いていた。シャーロットが肩掛けカバンからハンカチを取り出して差し出す。

「あっ、すまない」

そう言ってシモンは受け取ったものの、そのハンカチを少し眺めてから、

「でも、ここで俺が汗を拭《ふ》いたら、君がこのハンカチを使えなくなるよね。申し訳ないからこれはいいよ。そうか、慌《あわ》てていたからハンカチを忘れたな」

と言いながらいきなり袖で額を拭いた。

シャーロットは（貴族でもそんなことをするの？）と驚いてから思わず笑った。

最近、自分でもよく笑うようになったと思う。心の中に吹いていた風が止《や》んでから、毎日が浮き立つような、心が軽くなったような気分なのだ。

シャーロットの笑顔を見ていたシモンがなぜかスッと視線を外して、

「行こうか」

と歩き出した。シャーロットが斜《なな》め後《うし》ろを付いて歩いていると、振り返って困った顔で話しかけてくる。

「隣《となり》においでよ。嫌じゃなければだけど」

「嫌だなんて。貴族の方と並んで歩いていいのかわからなかったので」

「いいに決まってるよ。俺が誘ったんだから」

「はい、では」

王都の混雑した通りで、たくさんの人がチラリとこちらを見る。

シャーロットを見る人もいれば、シモンを見る人もいる。

「ほぉ」と感心したように振り返る人は二人の美しさに驚いたのか。または背の高い二人が風を切って結構な早足で歩いているのに驚いたのか。

「シモンさん、私、ボタンを買いたいのですが、先に立ち寄ってもいいでしょうか」

「いいよ。どの店?」

「あそこです」

ボタンや生地《きじ》、リボンやレースが詰め込まれている店で、シモンは完全に浮いていた。

だがシモンは他の女性客から自分に向けられる視線を全く気にせず、シャーロットと一緒にボタンのコーナーを眺めている。

「これと、これ。あとこれですね」

「何か作るの？」

「父のお友達の女性に。とてもお世話になったので」

「そうなんだ。君は本当に純粋《じゅんすい》ないい人だな」

声に元気がない気がしたが、どうしました？　と聞くのも不躾《ぶしつけ》かと思って会計を済ませた。

店を出たところでシャーロットは勇気を出した。

「シモンさん。私、屋台で買ってベンチで食べようかと思っていたので、お金をあまり持ってきていません。高いお店には入れないんです」

少し顔を赤くして両手の拳《こぶし》を握《にぎ》り、視線をシモンの肩あたりに向けてシャーロットがそう言うと、シモンはまた困った顔をした。

「俺、もう十年も城で騎士をやっているんだ。君にご馳走するくらいは手持ちがあるから。

君はそんな心配をする必要はないよ。ご馳走させてくれる？」

「ご馳走していただく理由がありませんもの。屋台じゃだめですか？」

「理由はある。ええと、毎朝剣の鍛錬に付き合ってもらっている」

シモンは思わずそう言ってから（いやそれも違うか？）と思うが、シャーロットの顔がパッと明るくなったのでよしとした。

「本当なら私がご馳走しなくてはなりませんね。剣の腕が上のシモンさんに相手をしてもらっているんですもの」

「いや、そうじゃなくて。まあとにかく、気楽な店を選ぶから。行こう」


隣に並んで歩くシャーロットにそっと腕を回して、反対側の肩を触《ふ》れるか触れないかの力加減で一瞬《いっしゅん》だけ店の方向へと誘導《ゆうどう》した。シャーロットの髪《かみ》から柑橘系《かんきつけい》のいい匂《にお》いがして、いつも女性とは極力距離《きょり》を取るようにしているシモンは（香水《こうすい》みたいにくどくなくていい香りだなぁ）と思う。

シモンが案内したのはパンと焼《や》き菓子《がし》の店の脇にある細い階段を上がった、二階のレストランだった。店内は明るく、家族連れや男女二人連れ、老人や中年男性の一人客などで半分くらいの席が埋《う》まっていた。

（これなら私のお金でもどうにか足りそうね。服装も失礼にはならないし。よかった！）

何年も前、母が「客は店の雰囲気の一部。品の良い店に行く時はそれなりの服装をするのもマナーよ」と言っていたのを思い出す。その時のシャーロットは床《ゆか》に直接腰を下ろして鹿の皮の内側をヘラでゴリゴリと均《なら》していた時だったので、「こんな私がそれなりの服装って」と思わず笑ってしまい、「だいじなことです。ちゃんと覚えておきなさい」と叱《しか》られたものだった。

ドアの前で立ち止まったシモンがシャーロットを見た。

「感じがいい店だろう？　ここはパンを下で売っている商品から選べるんだ」

「わぁ。お店のパンを食べるのは初めてです。楽しみです」

「気にいるといいんだけど」

席に案内され、テーブルに置いてあるメニューを見て、シャーロットは牛肉のシチューとパンにした。シモンもシチューを頼んだが、パンを四つとワインも頼んだ。

「グラスは二つでね」

慣れた感じに注文して、シャーロットを見たシモンが話しかけてきた。

「この前のお茶会、力になるつもりで役に立てなかったね。申し訳なかった」

「いえ。あれはちょっと込み入った話でしたから。お気遣《きづか》いいただいてありがとうございます。今度私、王子殿下《でんか》王女殿下のおそばで働くことになりました。護衛、みたいな感じでしょうか」

「君が？　護衛？」

「でも刺繍《ししゆう》もしますし、殿下方の遊びのお相手もするかもしれません」

「それは、どういう……」

「んー。詳《くわ》しいことはまだちょっと、わかりません」

「そうか」

グツグツと沸騰《ふつとう》しているシチューが運ばれてきた。深皿ごとオーブンに入れてあったらしく、木の受け皿に載《の》せられたシチューはとても熱そうだ。上に載せられているチーズに少し焦《こ》げ目《め》が付いていて、スプーンを差し込むととろけたチーズが長く伸《の》びた。

ふうふうと吹《ふ》いて冷ましてから口に入れると、柔《やわ》らかい野菜と牛スネ肉がとろける。

「美味《おい》しいです！」

そう言ってクルミパンをちぎって口に入れ、また笑顔になった。シャーロットの幸せそうな笑顔を見ていたシモンが少し不思議そうな顔になった。

「前よりよく笑うようになったね」

「そうでしょうか」

「うん。前は俺のことも警戒《けいかい》していたし、笑顔も硬《かた》かったように思う」

それを聞いてシャーロットは何度もうなずいた。

「あぁ、それはずっと、ええと、変なことを言いますけど、風が吹いていたんです。風としか言いようがないんですが、何をしていても『私は両親に見限られたんじゃないか、また捨てられたんじゃないか』って思っていたんです。他の人はみんな親と上手くいっているのに、私はなんで捨てられるのかなって卑屈《ひくつ》になっていました」

「君がそんなふうに思っていたなんて、意外だな」

「実際はそうじゃなかったとわかったら、心の中でヒュウヒュウ吹いていた風が消えました。それからはたくさん笑えるようになりました」

シモンがしみじみ、という顔でパンを口に放《ほう》り込んだ。

「そうか。不安が解消したんだね。よかった。人って様々だなぁ。俺は……いや、俺の話はいいや。ワインのお代わりは？」

「いえ、もう帰らないと。そろそろ門限になります」

料理を食べ終え、シモンにご馳走してもらい、シャーロットは恐縮《きょうしゅく》してお礼を述べた。

二人でまた並んで歩いて帰った。

お城の門をくぐりながら、笑顔のシモンが言う。

「俺《おれ》、こんなに楽しい時間は本当に久しぶりだったよ。ありがとう。よかったらまた食事に付き合ってくれる？」

「はい。その代わり、必ず今夜みたいに気楽なお店にしてくださいね。次は私もお支払《しはら》いします」

安い店を望み、割《わ》り勘《かん》にしろと言うシャーロットが可愛《かわい》らしくて、シモンは「クックック」と笑って手を振って宿舎に戻《もど》って行った。

「なんで笑ったのかしら？　私、変なこと言った？」

シャーロットは怪訝《けげん》な顔でシモンを見送った。


シャーロットとの食事を終えたシモンが白鷹《はくたか》隊の宿舎に戻った。

部屋に入ると、ドアの下の隙間《すきま》から差し込まれた白い封筒《ふうとう》が床に落ちている。シモンは苦いものを噛《か》んだような顔になってそれを拾い上げた。予想通り、差出人は自分の母だった。

ペーパーナイフで封を開け、便箋《びんせん》を中から引っ張り出した。便箋には母の特徴《とくちょう》ある文字が並んでいる。

『話したいことがあるから家に戻ってきなさい』

内容は相変わらずで、二十五の大人の男に対して幼い子どもに命令するような文章だった。

（外部に連絡《れんらく》を取らせるなと言っておいたのに。こうして手紙を出せる状況《じようきよう》になっているわけだ）

母が外に連絡を取れる状態ということは、事態はもう猶予《ゆうよ》ならない。シモンはそのまま部屋を出て馬に乗り、実家に戻った。シャーロットとの夕食が心安らぐ楽しい時間だっただけに、やり場のない怒《いか》りと悲しみがいっそう大きく感じられた。

「ああ、シモン、やっと帰って来たのね。いい加減宿舎暮らしなんてやめて家から通えばいいのに」

「話したいこととはなんですか？」

シモンの母エルザはフッと顔を歪《ゆが》めて笑う。

「ご立派な人間に育ったこと。相変わらず母親への敬意が欠片《かけら》もないのね」

「……」

「まあいいわ。今度、オレリアン殿下の立太子式があるでしょう？　バンタース王国のイブライム王子も訪問なさるはずよ。あなた、なんとかしてイブライム王子と繋《つな》がりを作りなさい」

「何のためにです？　私はこの国の王族を守る白鷹隊なんですよ？」

母は無知な子どもを見るような目でシモンを見た。

「このままでは我《わ》が家《や》はいずれ破滅《はめつ》よ。綺麗事を言っている場合じゃないの。なんのために白鷹隊に入ってるの？」

「王族の方々をお護《まも》りするためです」

「はぁぁ。あなたって本当に変わらないのね。融通《ゆうずう》が利《き》かないったら。せっかく美しい顔に産んであげたのに、ご令嬢《れいじょう》を魅了《みりょう》することもできない。白鷹隊に入れるようにしてあげたのに、有用な情報のひとつも手に入れてこない。本当になにひとつ役に立たない。顔が綺麗なだけの役立たずよね」

もう聞き慣れてはいるが、母の毒舌《どくぜつ》ぶりは相変わらずだ。

（この母は昔から俺の努力など知ろうともしない。俺が自分の思う通りに動いたかどうかだけが大切な人だった。昔は悔《くや》し泣きしたものだが、今はただただ虚《むな》しい）

シモンは疲労感《ひろう》に襲《おそ》われながら何度も説明したことをまた試みる。

「母上、白鷹隊に入れたのは私の努力の結果です。母上が誰《だれ》かに渡した賄賂《わいろ》とやらは、無《む》駄《だ》になったのですよ。あなたは騙《だま》されたのです。それと、バンタースの貴族は私が白鷹隊だから金を貸したのです。返せない借金のために私が国の機密を盗《ぬす》むことを期待してね。あなたを気の毒に思ったからではないのです」

いつから母はこんなに愚《おろ》かになっていたのか。

自分の行いが常軌《じょうき》を逸《いっ》していることに、なぜ気づかないのか。

「そんな考えはもうやめないと、嫁《とつ》いだサシャにまで罰《ばっ》が下ります。いや、親族皆《みな》が処分されるでしょう。その危険をわかっていてそんなことをおっしゃっているんですか？」

「これは長男であるあなたの役目でしょう？　我がフォーレ侯爵《こうしゃく》家はあなたの努力と献身《けんしん》にかかっているの。あなたこそなぜわからないのかしら」


婿養子《むこようし》の父が半年前に突然倒《とつぜんたお》れて、言葉をほとんど話せなくなった。半身が全く動かなくなり、以前からの父の希望に従って温暖な土地で療養《りょうよう》するようになった。それから母は暴走し始めた。

心細さからだろう。父が倒れてから急に近寄ってきた人物に縋《すが》り、怪《あや》しげな投資話に巨《きょ》額《がく》の財産をつぎ込《こ》み、あっという間に財産を失った。同時にその人物も消えたそうだ。

王女だった曾祖母《そうそぼ》が降嫁《こうか》してきた時のフォーレ侯爵家は豊かだった。

だがそれ以降は財政が右肩下《みぎかた》がり。

豊かだった頃《ころ》に家を戻したい母は、シモンが五、六歳《さい》の頃から資産家の貴族令嬢との婚姻《こんいん》を望み、まるで子供同士の見合いのような茶会を父にも無断で繰《く》り返していた。

結婚《けっこん》相手から金をむしれなくなったら離婚《りこん》させて次の資産家を狙《ねら》うだろうことは簡単に想像できた。

以前はそれが婚約《こんやく》に結びつく前に父が止めてくれていた。シモンが成長してからは自分で防ぐことができた。

だが侯爵家の財産は母に裁量権がある。

今回は制御役《せいぎょ》の父が倒れ、母が財産を自由に動かせるようになって被害《ひがい》を大きくしていた。

他の貴族に対して見栄《みえ》を張らずにいられない性格の母は、財産を失ったことで更《さら》に恐慌《きょうこう》に陥《おちい》った。その結果、以前から付き合いがあったバンタース王国の貴族と頻繁《ひんぱん》に連絡を取り合い、借金を重ねるようになったらしい。

宿舎暮らしのシモンがその事実を知った時にはもう、その貴族からの借金は相当な額になっていた。

「私は王子の立太子式までは白鷹隊を辞《や》めるわけにいかないのですが、その後は爵位《しゃくい》を返上して平民として慎《つつ》ましく生活しましょう。私が働いて母上を養います」

一週間ほど前、シモンがそう提案した時、母親は興奮して目を吊《つ》り上げ、罵詈雑言《ばりぞうごん》を撒《ま》き散らし、テーブルに叩きつけて割ったグラスを自分の喉《のど》に当てて見せた。

本気ではない。わかってはいたが飛びついてそのグラスを取り上げた。

『部屋から出さないように。特に他国への手紙を出させないように』

そう使用人に命じた。

母が落ち着いたらもう一度話し合うつもりでいた。

しかし落ち着くどころか、母はついに国の機密を盗めと言い出した。自分が手を打たなければ最悪、妹を利用しようとする可能性もある。借金も膨《ふく》らみ続けるだろう。

母は止まらないだろう。生きてる限り。

(もうここまでか)

シモンはわめく母の声を背に受けながら実家を後にした。城へと戻った時刻はもう夜の九時過ぎで、いくら遠縁《とおえん》とは言え国王に面会を申《もう》し込むには遅《おそ》すぎる時間だった。だがシモンは無礼を承知で面会を願い出た。

すぐに国王が現れた。

「どうした、シモン」

「重要な報告がございます」

そこからシモンは詳細《しょうさい》に母の状態、実家の状態、母が自分に何を望み、誰と連絡を取り合っているのかを国王に報告した。そして最後に、

「どんな処分も受ける覚悟《かくご》はできております。ですが、何も知らない妹だけはどうかお許しください」

と言って頭を下げた。

国王は話を聞いても全く驚《おどろ》いた顔をしなかった。

「やっと覚悟ができたか。お前がいつそれを申し出るか、心配して待っていたよ。お前に限って国を裏切ることはないと思っていたが、ずっと気が気ではなかった。もうすぐ祝いの使者たちがここに集まる。バンタースの人間もな。お前の母に金を貸した貴族も来る」

国王は労《いたわ》りのこもった眼差《まなざ》しでシモンを見ている。シモンは恐縮し次に安堵《あんど》した。

「陛下……ご存じだったのですか」

「私を誰だと思っているんだい、シモン。身近な臣下のことを何も知らずに国王が務まるわけがないだろう」

そう言ってエリオット国王はゆっくりと立ち上がった。

「今、この時を以《もっ》てフォーレ侯爵家の当主は、シモン、お前だ。前侯爵夫人は遠隔地《えんかくち》にて

療養。実際に悪事を働いておらずとも、王家の末裔《まつえい》でありながら国家に対する反逆の意図を持ったことは見逃《みのが》し難い。お前の妹は無関係とする」

「陛下……ご厚情《こうじょう》に感謝いたします」

シモンは膝《ひざ》をつき、頭《こうべ》を垂れて心から感謝の言葉を述べた。

「バンタースの貴族からの借金に関しては、返さずとも済むよう私が手を回す。なに、あちらだってことを公にされたら困るはずだ。侯爵家の今後は経済の立て直しが大変だろうが、心して励《はげ》め」

「はっ」

少しだけ間を置いて、国王が静かに語りかけた。

「私はお前が助けを求めて来たら、もっと早くにこうするつもりでいたんだよ。今までよく耐《た》えた。つらかったな」

シモンは奥歯《おくば》を噛み締《し》め、必死に平静を装った。そうでもしないと涙《なみだ》が出そうだった。

人払《ひとばら》いがなされて二人きりだった部屋で、パン！　と国王の手を叩く音が響《ひび》く。すぐに侍従《じじゅう》が入室した。

「フォーレ侯爵家に人を送り、前侯爵夫人を確保せよ。夫人は我が王家の親族だ。手荒《てあら》には扱《あつか》うな。そのままウベル島に移送の措置《そち》を取れ」

侍従は眉ひとつ動かさずに一礼して足早に部屋を出て行った。

「シモン、もうお前はフォーレ家の当主だ。白鷹隊は立太子式後に除隊、その後は侯爵家当主として国家に仕えよ」

「はっ」

シモンは謁見室《えっけん》を出るまでは気を張っていたが、謁見室を離《はな》れた通路で立ち止まり、そのまま立ち尽《つ》くした。

おそらく母は即刻《そっこく》ウベル島に送られるだろう。

ウベル島は国の南端《なんたん》に位置する孤島《ことう》で、『高位貴族が入る療養所《りょうようしょ》』と言われているが、陰《かげ》では『上品な監獄《かんごく》』と呼ばれている。

乱暴な扱いこそされないものの、生活は管理され、島を出る自由は与《あた》えられない。許されるのは月に一度、療養所で消費される食料を運んでくる船に手紙を託《たく》すことができるのみ。

シモンは壁《かべ》に寄りかかり、外に面した通路から空を見た。

早春の夜空は湿気《しっけ》で薄《うす》く霞《かすみ》がかかっている。ほんのり暖かい春の空気の中、夜空は滲《にじ》んだような星の光で満たされていた。

シモンは星々を見上げながら小さく声に出して母に声をかけた。

「母上。この世に私を送り出してくださり、ありがとうございました。どうぞお元気で」

一度うつむき、それから顔を上げてシモンは住み慣れた宿舎へと歩いた。

その夜のうちにフォーレ侯爵家の近くに馬車が止まり、身なりの良い屈強《くっきょう》な男たちが静かに侯爵家を訪問した。

先頭の男が、対応に出た執事《しつじ》に国王の印が押《お》された紙を示した。驚く執事にひと言「動くな」と告げると、真《ま》っ直《す》ぐに夫人の部屋へと向かって足早に進む。

驚きのあまり声を出すこともできずに固まっている夫人を、男たちは取り囲んで両腕を抱《かか》え、四人で囲んで歩かせた。使用人たちの姿を見た夫人が助けを求めようとしたが、男の一人が素早《すば》く夫人の鼻から下を布で覆《おお》ってしまった。

恐怖《きょうふ》と困惑《こんわく》で立ちすくんだまま眺《なが》めている使用人たちに、リーダーらしき男が静かに声をかけた。

「これは陛下のご指示である。今夜をもってシモン様がフォーレ家のご当主となられた。お前たちは何も見なかった。夫人は病で療養所に送られた。それ以上は何も知らない。何も見ていない。いいな？　それさえ守っている限り、お前たちは何の心配もない」

使用人たちは皆揃《みなそろ》って無言でうなずく。

「さあ夫人、参りましょう。療養所は暖かく静かな場所ですよ」

◇　◇　◇

シャーロットの立場は上級侍女《じじょ》となり、王室のお子様たちの護衛兼《けん》遊び相手兼刺繍《ししゅう》担当となった。衣装《いしょう》部の面々が実に残念そうに別れの言葉をかけてくる。

「あなたがいなくなったら寂《さび》しくなるわ」

「お使いに出てもなかなか戻らない人が配属されたら困るわ」

「あなたの縁《ふち》かがりは最高の仕上がりなのに」

「シャーロット……ふえっ」

最後の声はスザンヌだ。妹のように可愛がっていたシャーロットが衣装部からいなくなるのが悲しくてたまらないらしい。

「同じお城にいるんですもの、また一緒《いっしょ》にお昼を食べましょうよ、スザンヌさん」

「約束よ？」

「はい！　もちろんです！」

ルーシーはシャーロットの上級侍女の制服をサイズ直ししてくれた。ウエスト部分からふんわりと膨らむ制服は、背の高いシャーロットによく似合った。

シャーロットは制服に袖を通してみて感動した。ずいぶん上品なデザインなのに、窮屈《きゅうくつ》なところがなく動きやすい。たちまち衣装部の女性たちが褒《ほ》めちぎる。

「ぴったり」

「似合うわ」

「このまま夜会に行ける」

シャーロットが着ると制服さえ華やかに見えた。

「皆さん、本当にお世話になりました。たまにお邪魔《じゃま》してもよろしいでしょうか」

「もちろんよ」

「待っているわ」

衣装部の皆に見送られて王族が暮らす区域へと向かった。

正直に言えばもう少しこの部署で腕《うで》を磨《みが》きたかった。だが、自分の身の安全のために王族の近くで働くようにと言ってくださる王妃《おうひ》殿下《でんか》のお気持ちに応えなければ、とシャーロットは覚悟を決めている。

王族の居住区域に入ると、すぐに二人の王女が駆《か》け寄ってきた。

「シャーロット、待ってたの！」

「待ってたの！」

「オリヴィエ殿下、アデル殿下、お待たせいたしました」

「シャーロット、弓矢を射るところ、見せて！」

「見せて！」

お付きの侍女さんたちにそっと視線を送ると、

「練習場には連絡を入れてあります」

との返事。

シャーロット、二人の王女、それぞれのお付きの女性二人、護衛二人の七人で剣《けん》の鍛錬《たんれん》場の隣にある弓の練習場に移動した。

行く途中《とちゅう》でお付きの方たちに質問される。

「シャーロットさんは弓をどこで学んだの？」

「動物を射たことがあるの？」

「血が出ることもあるでしょう？」

ひとつひとつに丁寧《ていねい》に答えているうちに、ドレス姿の女性たちの顔色が悪くなっていく。

シャーロットは（あっ、これは加減して話をしないと大変なことになる）と遅《おく》ればせながら気づいた。

お付きの方たちは高位貴族のご出身だ。狩《か》りを遠目に見物したことはあっても、動物の解体なんて見たことがないのだろう。聞かれるままに正直にしゃべったことを反省した。

そっと二人の王女に目をやると、はしゃいでいて聞いていない様子だったのでホッとする。

弓矢の練習場に到着《とうちゃく》すると、そこに十名ほどの兵士がいた。

一番年配の男性は名をゼムと自己紹介《しょうかい》して対応してくれた。

「王妃殿下からのご命令なので練習場を空けましたが、あまり頻繁だと困ります。我々は練習も仕事なのです」

ゼムは少々機嫌《きげん》が悪そうだ。

「申し訳ございません」

頭を下げるシャーロットを見て、オリヴィエ王女がムッとした顔になった。

「私とアデルが見たいって言ったの。シャーロットにそんな言い方しないで」

「殿下、しかしながらここは兵士が鍛錬をするところでございます。遊び場ではないのでございますよ」

お付きの女性たちはソワソワし始めた。

「そうね、お仕事のお邪魔をしては申し訳ありませんわね」

彼女《かのじょ》たちは早くも帰りたそうな雰囲気《ふんいき》だ。

「やぁだぁ！　シャーロットの弓を見たいぃ！」

「アデル殿下、ですがお邪魔しては」

お付きの女性が諭《さと》すが、普段《ふだん》は大人しいアデル王女はぽっちゃりした両腕をブンブンと振って怒《おこ》る。

「見たいの！　シャーロットの弓矢、見たいの！」

そんな経緯《けいい》があって、今。

シャーロットは並べてある弓を手に取って使いやすそうな物を選んでいる。

ゼムが近寄ってきて、

「弦《げん》も兵士の体に合わせた強さに調整してありますからね。使ったことがありますか？」

と話しかけてきた。

「長弓《ちょうきゅう》は初めてです。私は森の中で動物を射るのに短弓《たんきゅう》を使っておりましたので」

「長弓が初めて？　それではおそらく弦を引くのも無理でしょう」

「そうかもしれませんね」

ゼムは（目の前にポトリと矢を落とすのがせいぜいだろう）と思い、シャーロットは（長弓を試《ため》せるのはちょっと嬉《うれ》しい）と思う。

会話をしながら弓を手に取ってじっくりと眺め、ひと張りの弓を選んで指で弦をつまんで引っ張ってみた。まとめて筒《つつ》に入れてある矢も一本手に取り、「重い」と独り言をつぶやいた。

「練習をさせていただいてもよろしいでしょうか？」

「どうぞ」

ゼムに見守られながら矢を番《つが》え、ギリッと弦を引いて放つ。ヒュンッ！　という音を立てて矢が飛んで行く。

シャーロットが放った矢は的にこそ当たらなかったが、的の背後の土壁《つちかべ》にしっかりと刺《さ》さった。

一瞬の静寂《せいじゃく》の後に「ええっ？」「おおお？」という納得《なっとく》してないような、驚いたような、複雑な色合いの声が見ていた兵士たちの口から漏《も》れた。

「なるほど。短弓との違《ちが》いが少しわかりました。あと数回練習してもいいでしょうか？」

「あ、ああ」

「シャーロットすてき！」

「すてき！」

「格好《かっこ》いい！」

「いい！」

王女たちの声援《せいえん》にシャーロットは振り返ってにっこりしたが、正面を向いて表情を引き締めてから再び矢を放つ。迷う時間が少ないのはいつも通りだ。

ヒュッ！　ターン！

「おおお？」

「ええっ？」

今度は的の端《はし》に当たった。

弓兵たちが唖然《あぜん》とする中、シャーロットが続けて三本の矢を放つ。

ヒュッ、ターン！

ヒュッ、ターン！

ヒュッ、ターン！

真ん中こそ外したが、全部の矢が的に刺さった。

「真ん中にはなかなか当たりませんね。悔しい」

悔しそうな表情のシャーロットにゼムが呆《あき》れたように話しかけた。

「おいおい。あんたほんとに長弓は初めてか？」

「はい。森では短弓しか使いませんから」

「狩りをしていたと言っていたな？」

「はい」

「獲物《えもの》はなんだい？」

王女たちが聞いているのでチラリとそちらに視線を送り「ウサギや鹿」と答えるのを躊《ちゅう》躇《ちょ》していると、ゼムもそれを察して、それ以上は聞かずにいてくれた。

シャーロットは全部で三十本の矢を放ち、ほとんど全てが的に当たった。しかも最後は中心部をわずかに外れた場所に矢が刺さった。

最初はあからさまに迷惑《めいわく》そうな顔をしていたゼムが「もう少ししたら中心も行けるな」などと言い出した。

弓兵たちも一緒に競《きそ》いたいのかソワソワしている。さすがにそんなことはできないと判断して、シャーロットは三十本を射終えた後は自ら矢を回収し、お礼を言って練習場を後にした。

その日はもう、大喜びのオリヴィエ王女とアデル王女がシャーロットから離れず、弓の使い方や森の話をせがまれた。そして夕方になり、そろそろ王女たちの部屋から下がろうという頃になって、オリヴィエ王女が「私も弓を習いたい！」と訴えた。

お付きの侍女さんたちがはっきりと困った顔になる。

「それは、陛下のご許可が必要ですわ」

「どうして？」

「淑女《しゅくじょ》のお勉強には入っていないことですので」

シャーロットは余計なことは言わずに挨拶《あいさつ》をして部屋を出た。


翌日の朝。

王族の私的区域に入ると、二人の王女がはしゃいでいる。

アデル王女が両足でぴょんぴょん跳《は》ねながら近寄って来る。その背後でオリヴィエ王女も満足げな顔だ。

「弓矢、大丈夫《だいじょうぶ》なの！　危なくない弓矢！」

「お父様とお母様が、当たっても怪我《けが》をしない物ならいいってお許しくださったの」

「怪我をしない弓矢ですか」

お付きの侍女さんが「担当の職人が用意するそうよ」と教えてくれた。

「弓矢ぁ！　アデルもターンて！」

アデル王女は弓矢を放つ真似《まね》をしながらとても嬉しそうだ。

後日届けられた弓は、小さくて美しい工芸品のような仕上がりだった。握りの部分にバックスキンが巻き付けられ、他は磨かれて艶《つや》のある弓、弱めに張られた麻《あさ》の弦。矢の頭には硬い矢尻《やじり》ではなく、革《かわ》に羊毛を詰《つ》めた球が縛《しば》り付けられていた。

室内では使用禁止で、庭で使うようにという注意と共に渡《わた》されたとのこと。

二人の王女は遊びの時間になると夢中になって矢を飛ばし続けた。

結果、二人とも数日のうちにそこそこ矢を飛ばせるようになっていて、シャーロットと三人で的を狙って弓を引き、長い時間を楽しく過ごした。

シャーロットの護衛兼遊び相手の仕事は平和で順調だ。

王女たちが勉強をする時間は、一人で刺繍をしていた。

飛んでいるピチット、振《ふ》り返っているピチット、花の根元を齧《かじ》って蜜《みつ》を楽しむピチット。いろいろな姿のピチットを刺繍し続けて十羽《わ》のピチットが完成すると、王女たちは順番にひとつずつ好きな刺繍を選んで五つずつ分け合った。

王女たちは大満足でピチットを持ち歩き、並べて眺めたり小鳥になりきっておままごとのように刺繍の小鳥を動かして遊んだりしている。

オレリアン王子は立太子式に向けて覚えなければならないことがたくさんあるとかで、最近はほとんど顔を合わせることがなかった。

立太子式は本来、十歳から十五歳の間に行われる。だが、男子のみが王位継承権《けいしょうけん》を持つこの国で、王子はオレリアンだけ。なので次の王子の誕生が期待の薄い今回は、「兄弟の中から次の国王を選ぶ」という手順が省かれ、早めに立太子式が行われるのだそうだ。

（頑張《がんば》ってくださいね、オレリアン殿下）

立太子式は来月。

たまに通路でチラリと見かけるオレリアン王子はいつもお供に囲まれて忙《いそが》しそうだった。

シャーロットはオレリアンを見かけるたびに心の中で声援を送っている。


シャーロットは上級侍女になり、個室が与えられることになった。

その話をするためにシャーロットを呼び出した上級侍女管理官のメリッサは、シャーロットの返事を聞いて驚いている。一人部屋への移動の話を持ってきたのに、あっさり辞退されてしまったからだ。

「本当に？　今の四人部屋でいいのですか？」

「はい。一人部屋は寂しいので」

「そうですか。そんなことを言う人は初めてです。シャーロットさんに関しては初めてがそれだけじゃないわね。お城で働き始めてから一年ちょっとで下級侍女から上級に異動になった人も初めてよ。それと、平民の上級侍女という存在も初めてなの。大丈夫？　意地悪されていない？」

「いえ、全く。皆さん優《やさ》しくしてくださいます」

メリッサは（嘘《うそ》はついてないか）と確かめるようにシャーロットの顔を見た。シャーロットの表情に緊張《きんちょう》がない。

「そう。ならよかった。王妃《おうひ》殿下の直接のお声がけで上級職への異動が決まったのだから、いじめてやろうなんて人も出ないのかもね」

シャーロットは母に鍛《きた》えられた『曖昧《あいまい》な微笑《ほほえ》み』をさっきから多用している。

（そっか。私、王妃様直々、って噂《うわさ》になっているのね。そりゃいじめられないはずだわ）

「実は私も上級侍女管理官としては初めての子爵《ししゃく》家の人間なのよ。今までは伯爵《はくしゃく》以上の方が担当なさっていたらしくてね」

メリッサは四十代後半くらいだろうか。

赤みのある金髪《きんぱつ》で優しげな人だった。

「上級侍女の皆さんはほぼ全員が高位貴族のご令嬢やご夫人でしょう？　若い方は二、三年働いたら結婚してお辞めになる方々ばかり。子爵家出身の私は結構苦労したのよ。注意してもクスクス笑われるだけで知らん顔をされました」

「そうでしたか」

「私もあなたも『最初の一人』ね。これだから子爵家の人間は、とか、これだから平民はって、言わせないようにお互《たが》い頑張りましょうね」

「はいっ」

メリッサに給金のことやお休みのことを説明されて、少々驚いた。給金が今までよりもだいぶ高い。

それにお休みも月に一度なのは変わらないが、毎月二日間の連休なのだ。

（これで実家に帰りやすくなった）

そう喜びながらメリッサの部屋を出た。


朝の鍛錬の後、再びシモンが夕食に誘《さそ》ってくれた。

「今夜、夕食を食べにいかないかい？　何か用事がある？　ちょっと話したいことがあるんだ」

「いいえ、用事はありません。では、ご一緒させてください」

「あれから二週間たったけど、早すぎた？　迷惑かな？」

そう尋《たず》ねるシモンの顔に不安の色が過《よぎ》るのを見て不思議に思う。

（多くの女性がこの人に憧《あこが》れているのに、なぜ迷惑なんて思うんだろう。そもそも、私でいいのかな）

「迷惑ではありません。外食は嬉しいです」

シャーロットがそう答えると、シモンの顔が明るくなった。

その夜の店も前回同様に気安い雰囲気の店だったが、奥《おく》まった半個室のような席に案内された。細長い店内の左手の壁際に四人がけの席が並んでいて、隣《となり》の席との間に壁がある。店員が来なければ二人だけになる造りだった。

メニューを見ても食べたことがないものばかりだったので、料理の選択《せんたく》はシモンに任せた。

仔羊《こひつじ》と野菜の蒸《む》し焼き、干し海老《ほえび》と干した貝の澄《す》んだスープ、フレッシュチーズにざっくり潰《つぶ》したイチゴをたっぷり合わせて蜂蜜《はちみつ》をたらしたもの、パンを三種類。それとエール。

運ばれた料理はどれもシャーロットが初めて見るものばかりで、わくわくした。

「さあ、熱いうちに食べよう」

「はい！」

外食の経験がほとんどないシャーロットはひと口ごとに感心する。仔羊の肉は柔《やわ》らかく香辛料《こうしんりよう》がたっぷり使われていて、食べれば食べるほどもっと食べたくなる。薄くついている脂身《あぶらみ》の甘《あま》さが感動的に美味《おい》しかった。

干し海老と干した貝のスープはしみじみ身体《からだ》に染《し》み渡るような旨味《うまみ》がたっぷり。甘酸《あまず》っぱいイチゴをざっくり潰して添《そ》えてある白いフレッシュチーズは、蜂蜜がかけられてある。

デザートとして完璧《かんぺき》な美味しさだった。

もりもり食べるシャーロットを微笑ましくシモンが見ているのに気づいた。

「はしたない食べ方をしましたね」

恥《は》じらうシャーロット。そんな顔もまた可愛らしいと思うシモン。

「いや、美味しそうに食べてもらえると、誘った方としてはとても嬉しいよ」

「あの、シモンさんは最近お忙しいんですか？　少しお疲《つか》れのようですけど。毎朝の鍛錬で寝不足《ねぶそく》なのではありませんか？」

「ちょっと立太子式のことで忙しいからかな。ほら、各国から祝いの使者がくるだろう？白鷹隊は王族の護衛が専門だから。把握《はあく》しておくべきことが結構あるんだ」

（護衛の仕事で頭が疲れる仕事って何かしら）

そう思ったシャーロットの心の声を読み取ったかのようにシモンが説明してくれた。

「一応、訪《おとず》れる使者の顔や特徴、その国の習慣や宗教的な注意点などを頭にいれておくんだ。六カ国分だから、覚えなくてはならないことが膨大《ぼうだい》で。だけどオレリアン殿下《でんか》はすぐに覚えてしまうな。こういうことは年齢《ねんれい》じゃないんだね」

「殿下がですか？」

「ああ。絵姿を一度見たら顔と名前を覚えてしまう。各国の習慣や宗教も読めば覚えるらしい。オレリアン殿下は天才じゃないかと思う」

「まあ。そんな一面が」

「普段はただのやんちゃ坊主《ぼうず》に見えるけどね。本当はものすごく頭がいい」

そう言えば、森に出かけた時も、たくさんの木の葉を収集していて、それを押《お》し葉《ば》にするのだと言っていたが、あれも全部覚えるのだろうか、と感心する。

「そうかと思うと階段の手すりを滑《すべ》り降《お》りて骨を折ったりするんだが」

「うふふ。子どもらしい面もおありですよね。あっ！　お尋ねしたかったことが」

「どうした？」

「鳥笛、三つあったのに、王女殿下たちはあの笛で遊んでいるご様子が全くないんです」

「えっ？　俺《おれ》、渡す時にちゃんと『三つありますから仲良く分けてくださいね』って言って渡したよ？」

二人で顔を見合わせ、同時に苦笑《くしょう》した。

「独《ひと》り占《じ》めしたな」

「多分、全部の音色が違ったんですよ。笛の音色は使っている木にもよりますし、穴の位置や大きさによっても微妙《びみょう》に音が変わりますから」

「今度確認《かくにん》しておくよ。そういうところは殿下も子どもらしいといえば子どもらしいか」

「私はひとりっ子ですから、殿下たちのやり取りはそんなことでさえも微笑ましいです」

「そうだね。王家はみんな仲良しだ。羨《うらや》ましい」

少しシモンの声の調子が変わったので顔を見る。シモンの視線がどこを見るでもなくぼんやりしていた。

「どうかなさいましたか？」

「いや。なんでもない」

会話を変えた方がいいかとシャーロットは立太子式のことを尋ねた。

「どのくらいの数のお客様がいらっしゃるんですか？」

「周辺六カ国から代表の使者とお供たち。お供の人数は国によって違うかな。皆、お祝いの品を持ってやって来るから、こちらも相応のもてなしをするんだ。宴会《えんかい》や会談のときに王族の方々に何ごとも起きないように警護をするのが白鷹《はくたか》隊の役目だよ」

「大変ですね」

「立太子式に関わるのは今回だけだから。次の大きな式典はオレリアン殿下の結婚式《けっこんしき》かな。その頃には俺は白鷹隊にいないから」

シャーロットは頭の中で計算して（なぜ？）と思う。

「八歳の殿下のご結婚は十年後とか十五年後とかでしょうから、シモンさんはまだ隊にいらっしゃるのではないですか？」

「いろいろあってね」

「そうですか……」

複雑な育ち方をしたシャーロットにしてみれば、シモンは実の親のもとで育って高位貴族で白鷹隊。何ひとつ欠けたところがないように見える。だが、きっとそう簡単なことでもないのだろうと胸の中だけでつぶやいた。

「そうだ、伝えておきたいことがあるんだ。使者の中にはバンタース王国の王子とチュニズ王国の王子もいるんだよ。王族はその二人だ。他の国からは大臣や官僚《かんりょう》が来る」

「そう、ですか」

「ああ。バンタースからはイブライム王子、チュニズからはユベル第二王子が来るらしい」

「私はお祝いの席に近寄ることはありませんから、あまりお客様と関わることはないと思います」

「いや、どちらの王子も城に七日間滞在《たいざい》する予定だから」

（七日間も滞在するのね……）

「どちらも絵姿を今度部屋に届けさせるよ。顔を覚えておいたほうがいい」

「はい、ありがとうございます。他国の王族の方々ですものね。失礼のないように気をつけます」

シモンはシャーロットが見初《みそ》められて他国に連れて行かれないかを心配しているのだが、シャーロットは（バンタースの人たちに自分の姿を見せるわけにはいかない）と思う。

「今はいろんな人が出入りしているから、気をつけてね」

「はい。気をつけます。最近、アデル王女のお付きの方の体調がよろしくなくて。手が足りませんから。多分室内で殿下たちと遊んでいます。大丈夫です」

二人の王女のお付きは何人もいるのだが、アデル王女は赤ちゃんの頃から決まった方にしか懐《なつ》かず、その女性はほぼ毎日、朝から晩まで付き添っている。

そのお付きの女性は三十代半ばのかなり華奢《きゃしゃ》な人で、シャーロットも（あまり体力がなさそう）とは思っていた。

成長と共に活発になってきたアデル王女のお付きの仕事が体力的にきついらしく、その女性の具合が悪そうなのだ。何度も「あなたが来てくれて助かっているわ」とお礼を言われている。

その夜はそんな会話をして早めに城に帰った。

同室の皆《みな》の寝息《ねいき》を聞きながら考え事をした。不安に思ったのは、バンタースの王子のことだけではない。

シモンが言う通り、このところ城に出入りする商人や業者が格段に増えていた。

あまり外には出なくなったシャーロットだったが、窓から見ていると商人や作業で呼ばれた業者などが通路を行き交《か》い、裏門は常にたくさんの人が行列を作っている。

昼に食堂に行く時も、見たことのない顔とすれ違うことが増えた。城の中も外もザワザワしている。

（外に出るなら暗くなってからね）

シャーロットはそう用心していた。

第三章

チュニズの王子

ランシェル王国の南に位置し、海を隔《へだ》てた国、チュニズ王国。

そのチュニズ王国から大型の商船が一隻《せき》、ランシェル王国に到着した。

「酒と美女が待ってるぜ」

「今回は懐《ふところ》があったかい。たっぷり遊べる」

楽しげな船乗りたちに船長が声をかける。

「これから王都に向かう。今回は荷物が多いからお前たちも連れてきたが、くれぐれも羽目を外すなよ。お得意様のランシェル王家から出入り禁止でも食《く》らったら、えらいことだからな」

「大丈夫ですって船長」

「とにかく問題を起こすな。いいな?」

「へぇい」

船乗りたちは準備された荷馬車に荷物を運《はこ》び込《こ》み、王都を目指す馬車に分散して乗った。

船乗りたちは今回、荷運び役と護衛役も兼《か》ねていた。その分船乗りたちへの賃金もかなり多い。

船長はいつもなら信用できる船乗りだけを連れてくるのだが、今回は特別だった。

今年はランシェル王国で立太子式がある。

各国から要人が集まり、お供の人数も相当な数になる。その人々を相手に商売をするため、チュニズ王国の商人たちはたくさんの商品を運んできた。城内で商売をすることはランシェル側の了解《りょうかい》を得ている。

今回に限り荷物が多いため、危なっかしい顔ぶれも多少連れてこなくてはならなかった。

やがて荷馬車の列は王都に到着し、無事に城に商品を運び入れた。船乗りたちは十日間の自由行動となり、彼《かれ》らは滅多《めった》に来られないランシェルの王都を楽しむために街へと繰《く》り出した。懐は潤《うるお》っているのだ。母国よりずっと華《はな》やかなランシェルの王都は、船乗りたちにとって、格好の遊び場だ。

シャーロットはその日、早上がりだったのを幸いに、クレールに渡すワンピースを持って夕方にお城を出た。ニールスの集落まで行く乗り合い馬車を使えば、それほど時間はかからない。

乗り合い馬車の乗降所を目指して薄暗《うすぐら》くなりつつある繁華街《はんかがい》を歩いていた。

すると、通りの前方から日に焼けた屈強な男たちの集団が来るのに気がついた。

顔立ちや服装が明らかにこの国の人間とは違っていて、集団は目立っていた。往来を歩く人々も気づいているらしく、混雑している通りなのに、彼らの周囲だけは妙《みょう》に空間が空いている。

(目立たないように。目を付けられないように)

呪文《じゅもん》を唱えるように心で繰り返しながら、シャーロットは顔をうつむけて足早に歩いた。

だが、下を向いたところでシャーロットは目立つ。船乗りの一人がシャーロットに気づいた。

「兄貴、あの娘《むすめ》を見てくださいよ。さすがはランシェルだ。あんな美人がいますよ」

「うん？　ほお。確かに美しいな」

兄貴と呼ばれた男は船乗りたちの兄貴分のノエルだ。年齢は二十五歳《さい》。

黒く長い髪《かみ》を三つ編みにして後ろに垂らしているノエルは、胸元《むなもと》を開けたシャツの首には貝殻《かいがら》と珊瑚《さんご》のネックレス、左右の耳にはデザインの違う大ぶりなピアス。日焼けした指には金のごつい指輪。シャツの上から着ているベストには派手な刺繍《ししゅう》。

他の男なら滑稽《こっけい》に見えるであろう装《よそお》いも、大柄《おおがら》で迫力《はくりょく》のある顔立ちのノエルが身に着けると舞台《ぶたい》役者のような華やかさを生み出していた。

ノエルは立ち止まって興味深そうにシャーロットを見つめる。

腰巾着《こしぎんちゃく》であるラモが気を利《き》かせてシャーロットに声をかけた。男たちの中でランシェルの言葉を話せるのはこの男とノエルだけだ。

「そこのお嬢《じょう》さん、ちょっといいかな」

「はい、なんでしょう」

シャーロットは心の中で（うわ、来た）と呻《うめ》きつつも上品に受け答えをした。

「俺たちは酒と肴《さかな》の美味《うま》い店を探しているんだけど、お嬢さんはそんな店を知らないかい？」

「さあ。私はあまり外で食事をしませんのでわかりません。先を急いでいるので失礼致《いた》します」

そう言って頭を下げ、通り過ぎようとしたシャーロットの前にラモが立つ。

「なんですか」

「じゃあさ、お嬢さんが俺たちと一緒に店に行かない？　ご馳走《ちそう》するよ」

「行きません。そこをどいてください」

「そう言うなよ、な？」

そう言って男がシャーロットの手首を掴《つか》もうとした。シャーロットは素早《すばや》くその手を払《はら》い除《の》け、一歩下がる。腕の払い方が素早くて、ラモは逃《に》げる手首を捕《つか》まえ損《そこ》なった。

兄貴分の前で体面を傷つけられたラモの顔が赤くなった。

「ちょっと美人だからって気取りやがって！」

（またこれか）とシャーロットはげんなりする。

シャーロットは辺りを見回すが、近くの人たちは足を止めてこちらを見ているものの、関わり合いを恐《おそ》れて視線を合わせない。ラモはシャーロットが後退《あとずさ》りしながら「近寄らないで」と言ってもニヤニヤしながら近づいて来る。

（仕方ない）

シャーロットは箒《ほうき》を持って固唾《かたず》を呑《の》んで見ていた商店の使用人に近寄った。

「その箒を譲《ゆず》ってください。あとで代金を払います」

「は、はいっ？」

驚《おどろ》きながら差し出された箒を両手で持ち、片足で箒の柄《え》を踏《ふ》み折った。折った柄を持って構える。その間も目はラモから離《はな》さない。

「どうしてもと言うなら相手になります」

「へえぇ。強気じゃねえか」

そこでノエルが声を発した。

「ラモ、もういい、やめろ」

「兄貴……」

ラモはやめろと言われても引き下がりたくなかった。女は自分を睨《にら》んでいるし周りの人間が見物している。引くに引けない。

ラモがシャーロットに手を伸《の》ばしたがスルリと逃げられた。シャーロットが箒の柄を打ち込もうとしたところでノエルが再び声をかけた。

「そこまで。ラモ、離れろ」

「兄貴!」

「その娘は腕が立つ。お前じゃ無理だ。怪我をする前に引け」

「ええ?」

「離れろ。言うことを聞け」

渋々《しぶしぶ》ラモが引き下がる。

ノエルはシャーロットに「悪かったな、嬢ちゃん。ちょっとはしゃいでただけだ。許してくれ」と声をかけ、ラモを引きずるようにして歩き出した。

離れぎわに「兄ちゃん、箒の代金だ」と言ってコインを指で弾《はじ》き、箒を提供した若者に放った。

二重三重の人垣《ひとがき》はすぐに散り散りになっていく。

「ごめんなさいね、箒を折っちゃって」

シャーロットがそう言いながら頭を下げると、若者はモゴモゴと助けなかったことを弁明している。シャーロットは「いいんです。私こそごめんなさい」ともう一度頭を下げてその場を離れて歩きだした。

「あの人たち、なんだったのかしら。船乗りみたいな服装だったけど」

ぷりぷりしながら乗合馬車に向かった。

気持ちを切り替《か》えてシャーロットはクレールの家を目指した。

乗合馬車を降り、しばらく歩いてクレールの家にたどり着いた。急に訪問したシャーロットに驚いたものの、クレールは歓迎《かんげい》してくれた。

「まあ！　このワンピースを私に？　シャーロットさんが縫《ぬ》ったの？」

「はい。先輩《せんぱい》に教えてもらいながら縫いました」

「なんて上品でおしゃれなワンピースかしら。あっ、目立たないけどすごく綺麗《きれい》な刺繍が！」

「うふふ。気づきましたか。そこ、頑張りました」

クレールは感動の面持《おもも》ちでシャーロットをギュッと抱《だ》きしめた。

「シャーロットさん、来てくれて嬉しいわ。ワンピースもありがとう」

「いいえ、この程度。私とお父さんはすっかりお世話になりました」

「私、誰《だれ》かに贈《おく》り物をされたのは二十年ぶりよ。夫が生きているときに貰《もら》ったのが最後。贈り物をされるのがこんなに嬉しいことだって、忘れていたわ。ありがとう。本当にありがとう」

クレールは早速《さっそく》ワンピースを着て見せてくれた。

ゆったり目に作ったワンピースはクレールによく似合った。

「大切なお出かけの時に着るわ。ありがとう」

「いえ、普段着《ふだんぎ》にしてください。良かったらまた縫いますので」

その夜はクレールが育てた野菜をたっぷり使った料理でもてなされた。

そのまま焼いたり茹《ゆ》でたりしただけなのに、野菜が甘くて美味しい。

泊《と》まるように言われてその夜は遅《おそ》くまでクレールとおしゃべりした。

クレールの子ども時代の話、夫婦《ふうふ》二人暮らしだった頃《ころ》の話をシャーロットは興味深く聞いた。

灯《あか》りを消した夫婦用の寝室《しんしつ》で、二人でベッドに入る。クレールの低めの穏《おだ》やかな声は、自然に眠《ねむ》くなるような声だった。

母とは雰囲気が違うクレールだが、久しぶりに母と同じ年代の女性と過ごした時間は、しみじみとシャーロットの心を癒《いや》してくれた。

「クレールさん、たまに遊びに来てもいいですか？」

「もちろんよ！　大歓迎《だいかんげい》だわ」

「それと……」

「なあに？」

「最近お父さんに会いましたか？」

「いいえ。あなたのお祖父様《じいさま》たちがいらした時に会ったのが最後よ」

「森の中で一人で暮らしているお父さんが心配です。時々会いに行ってやってくれませんか？」

すこし間が空いて、クレールが暗い部屋の中でおずおずと声を出した。

「嫌《いや》じゃないの？　お母さん以外の女性がお父さんと親しくするの」

「私はもう十七歳です。結婚《けっこん》して母親になっている人だって少なくありません。いつまでも父にべったりっていうのもおかしいですから。それに、お父さんには笑って暮らしてほしいなって思うんです」

「そう。わかった。シャーロットさん、ありがとう」

（もうこれからはお父さん自身のために この先の人生を楽しく生きてほしい）

最近はそう思っている。

翌朝、クレールの馬車で城まで送られて、シャーロットはいつもの生活に戻《もど》った。王女たちが待つ部屋の扉《とびら》を開けて元気に挨拶をした。

その日一日の仕事を務めて部屋に戻ると、バンタース王国のイブライム王子とチュニズ王国のユベル王子の絵姿が届けられていた。

添えられたメモには「詳細《しようさい》な到着《とうちやく》日時は不明」と書かれていた。同室の仲間が興味を持ってこちらを見ている。

「それは？」

「王子様たちの絵姿みたい」

「見せて見せて！」

「わあ、どちらの殿下もきれいなお顔ね」

「王子様って感じ！」

バンタース王国のイブライム王子は濃《こ》い茶色の髪をオールバックにして真《ま》っ直《す》ぐこちらを見ている。どことなく雰囲気《ふんいき》が実父に似ていた。

チュニズ王国のユベル王子は黒髪《くろかみ》を短く刈《か》り込んでいて少し垂れ目の黒い瞳《ひとみ》が穏やかそうな顔立ちだ。

同室の侍女《じじょ》仲間ははしゃいでいるが、シャーロットはそんな気分にはなれない。イブライム王子だけでなく、従者の方々にも見られないようにしなければ、と思う。

最近、眠りが浅いのはそんな心配のせいか。

翌朝、シャーロットは王族の私的区域へと向かった。

「おはようございま……」

ドアを開け、王女たちへの挨拶の途中《とちゅう》でシャーロットの声が止まった。

一昨日通りで絡《から》んできた船乗りたちの親玉が、アデル王女を高く持ち上げてキャッキャと言わせているのだ。親玉は入ってきたシャーロットの方に顔を向けて少しだけ目を見開いた。

「ほう。お前はあの時の娘じゃないか。なんだ、城で働いていたのか」

「おはようございます。王女殿下のお世話係のシャーロットでございます」

二人の様子を見てお付きの女性たちが会話に入ってきた。

「シャーロット、こちらはチュニズ王国のノエル殿下でいらっしゃいます。殿下、シャーロットをご存知《ぞんじ》なのですか？」

「ああ。ちょっとな。俺の子分が彼女《かのじょ》に迷惑をかけたんだ」

（殿下？　この人が？　海賊《かいぞく》にしか見えないけど！　それに渡された絵姿と名前も違《ちが》うし顔も違いすぎるのだけど！　どういうこと？）

「ノエル殿下、シャーロットはねえ、弓矢が上手なの」

「上手なの！」

どうやらこの海賊はノエルという名前で、オリヴィエ王女、アデル王女とあっという間に仲良くなったらしい。シャーロットはなんだか自分の大切な王女様たちを横取りされたような気分になった。

「へえ。弓矢？　剣《けん》も得意そうだったが」

するとオリヴィエ王女がニコニコしながらノエルに質問する。

「ノエル殿下も弓矢がお得意ですか？」

「おお。得意だぞ。その娘と俺、どっちが上手《うま》いか見てみるか？」

「見たいです！」

「です！」

（そんな。私は嫌ですよ）

海賊と弓矢対決なんて、どう考えても厄介《やっかい》な結果しか想像がつかない。なのでシャーロットは別の提案をしてみた。

「オリヴィエ殿下、今日はお部屋で遊びましょうか」

「ううん。弓矢がいい。シャーロットとノエル様の弓矢の勝負！」

「しょーぶ！」

「よし、やってみるか」

「まあ。楽しみですわ」

なぜかお付きの方々も目をキラキラさせている。

（これはもう私には止められない）と項垂《うなだ》れるシャーロット。

二人の王女がお付きの女性と護衛、ノエル、シャーロットを従えて、弾《はず》む足取りで弓の練習場に向かった。

弓矢の練習場では二十名ほどの弓兵が練習をしていた。

ターン！　ターン！　と矢の当たる音が響《ひび》く中、ノエルは、

「練習中にすまない。王女様たちがご希望なんだ。少し練習場を借りることはできるかな？」

と声を張った。

前回も対応したゼムはノエルを知っていたらしく、

「これはこれはノエル殿下。ようこそいらっしゃいました」

と腰《こし》低く対応に出た。

「ささ、どうぞ、お使いくださいませ。道具はこちらに」

「ほう。これがランシェルの弓か。木は何を使ってる？」

「何種類かございまして、こちらがイチイの木を使った弓で……」

シャーロットたちの時とは別人のように愛想《あいそ》良く対応しているのを眺《なが》めながら、シャーロットは皆の後ろで気配を消していた。だが、そんなことで隠《かく》れられるはずもない。

「娘。隠れてないでこっちに来い」

「……はい」

「あっ。あんたはこの前の」

「たびたびお邪魔《じゃま》します」

シャーロットは申し訳なさそうにお辞儀《じぎ》をし、ゼムは（なんでまたあんたが？）という顔になった。

ノエルは道具にあまりこだわりがないらしく、さっさとひと張りの弓を選んだ。自分で矢筒《やづつ》を運び、練習を始める。それを見てオリヴィエ王女がシャーロットを急《せ》かした。

「ほら、シャーロットも練習して」

「はい、殿下」

シャーロットも道具にそれほどこだわりはない。自分の愛用の弓ではないのだから、どれを選んでもたいした違いはないのだ。

それでも前回と同じ赤っぽい木で作られた弓を選び出し、弦《げん》の張り具合を確認した。二十本ほど矢が入っている矢筒を運んでノエル殿下の隣に移動した。

十本ほど矢を放つ。前回で長弓《ちょうきゅう》の扱《あつか》い方《かた》はなんとなくわかったつもりだ。今回は最初から的に当たるが、真ん中の小さな円にはなかなか当たらない。

（実家にある短弓《たんきゅう》なら全部真ん中に命中させられるのにな）と思う。勝負をコントロールできるほど長弓の扱いに慣れているわけではないから集中して丁寧《ていねい》に射るだけだ。

（いいわ。全力で真ん中を狙《ねら》ってもどうせ負けるだろうし）

「よぉし。じゃあ、勝負だ。真ん中は十点、次の円は五点、その外側は一点でどうだ？」

「それで結構でございます」

「勝った方は負けた方を一日好きに使えるってことにしよう」

「なっ！　困ります！　私は侍女で仕事が……」

「まぁ！　恋物語《こいものがたり》の見せ場のようですわね」

「ほんとですわ。ワクワクします」

他人事《ひとごと》のお付きの方々は頬《ほお》を染めてはしゃいでいるが、シャーロットは（もう。私は嫌ですよ。勝っても負けてもいいことがないじゃないの）と眉《まゆ》を下げた。救いを求めたくてもお付きの女性たちははしゃいでいるし、護衛の騎士《きし》さんたちはシャーロットが助けを求める視線を送ると、フイッと顔を逸《そ》らしてしまう。

（そうですか。もういいですよ。どうせ海賊の親玉と私じゃ勝負にならないだろうし）

シャーロットは悩《なや》むだけ無駄《むだ》と諦《あきら》めて、勝負に臨《のぞ》むことにした。

勝負はシャーロットが先攻《せんこう》。ノエルが後攻《こうこう》。

十本ずつ矢を射て点数を計算することになった。周囲で見守っていた兵士たちがこそこそと喋《しゃべ》っていて、聞き耳を立てるとどうやら「どちらが勝つか」を賭《か》けているようだった。

（もう！）

やや破れかぶれな思いで矢を番《つが》える。

「いきます」

森の中で体の小さなリスを狙っている時を思い出して矢を放つ。

ヒュッ、ターンッ！

「五点！」

なぜか責任者のゼムが張り切って点数を読み上げた。

「次は俺だな」

海賊王子がたいして力も入れてない風に軽々と弦を引いて矢を放った。

ヒュッ、ターン！

「五点！」

交互《こうご》に矢を放つ。王女たちだけでなく背後の兵士たちもが息を殺すようにして見守っている。十本ずつ矢を放ち、最後にゼムが困った顔で点数を読み上げた。

「えー、シャーロットが五点的《まと》に八本と一点的に二本で四十二点、ノエル殿下が五点的に七本と一点的に三本で三十八点。えー、えー、この勝負、シャーロットの勝ちとなります」

「シャーロットが勝ったわ！　すごーい！」

「すごーい！」

「シャーロットさん、お見事ねえ」

「これはまいった。娘、俺の負けだ。たいした腕《うで》だな」

ノエルは笑っている。

二人の王女も、お付きの女性も、背後の兵士たちも盛り上がって笑っている。

ただ、ゼムだけは苦虫を噛《か》み潰したような顔でシャーロットを睨んでいる。

（わかってます、負けるべきなのは私だってわかってますって。何本かは少しだけ外すつもりだったのに真ん中に行ってしまったんだもの。長弓は不慣れなんだもの。露骨《ろこつ》に外したら興ざめだと思ったんだもの！　海賊があんな腕とは思わなかったんだもの！）

嫌な感じに冷たい汗《あせ》が出て、シャーロットはハンカチを使いながら下を向いた。

勝負に負けたのにノエルはご機嫌《きげん》で、「さあさあ、娘。明日は丸一日お前の言いなりになるぞ」などと言っている。

「殿下、私は仕事がございますので」

「つれないことを言うな。では王女たちと一緒《いっしょ》に庭の案内をしてくれるか？　それなら仕事になるだろう？」

「え？」

（それ、勝った方の要求なのでは？　なぜ負けたあなたがそんな提案を？）

シャーロットは理解できずに目をパチパチしていたが、責任者のゼムはノエルの提案を聞くとホッとした顔でその要求に乗ってきた。

「そうですね。それがようございます。シャーロット、明日はノエル殿下を案内して差し上げなさい。お付きの方々、それでよろしいかな？」

「もちろんですわ！」

「ではシャーロット、殿下の案内を頼《たの》むよ」

「……はい」

そこでハッと気がついた。

(もしや弓矢対決はただの口実で、海賊は最初から勝ち負けなんてどうでも良かったのでは？)と顔を上げてノエルを見ると、案の定ノエルはニヤニヤしてシャーロットを見ていた。

(私、馬鹿みたい)

手のひらで転がされていた自分に脱力《だつりょく》してしまう。

こうして翌日は二人の王女とノエル王子を引き連れて城の案内をすることが決まってしまった。

(私はお部屋の中でおとなしくしていたい)

王女たちの部屋に戻る間、シャーロットの頭の中にシモンの顔が浮《う》かんだ。

(シモンさんに護衛として同行をお願いできたら少しは心強いのに)

だが、大忙《おおいそが》しで疲れを溜《た》めていたシモンにそんなことは頼めるわけがないし、そんな権限が自分にあるはずもない。

シャーロットは明日のことを思うと憂鬱《ゆううつ》で、王女たちと遊んでいてもため息を繰り返してしまった。

ノエル殿下に庭を案内するにあたり、シャーロットは事前に庭師長のポールに相談した。

「庭を案内ねえ。チュニズは南の国だから、この国にあってチュニズにない花や木を見せるべきなんだろうか。レオ、お前はどう思う？」

「そもそもその王子、花はどうでもいいんじゃないですかね？」

「どうでもいいとはどういう意味だい？」

「親方、王子は花を見たいんじゃなくて、シャーロットと庭で二人になりたいのでは？」

ポールは「あー、それもそうだなあ」とレオの意見に納得《なっとく》する。

レオはシャーロットを見ながら（悪い話ではない）と思う。シャーロットがチュニズの王子に見初められてあちらに渡《わた》れば、おそらくバンタース王国とは縁《えん》が切れる。この国の王城で働いているよりずっと安全だと思った。

そう思いながら（この娘を十七年間も殺そうとしていた俺が、なに心配してんだか）と自嘲《じちょう》する。

「シャーロットにとってはいいお話かもしれませんよね、そうなったら」

「そうなったらって？」

「その王子と結婚したらって話です」

「結婚って。ないわよ」

「まあ、玉《たま》の輿《こし》だわな」

「ポールさんまで……」

シャーロットは昼のパンをもそもそと食べ、冴《さ》えない気分で昼休憩《きゅうけい》を終わりにして王女たちの部屋へと戻った。その後ろ姿を見ながらレオは（あの綺麗な顔の白鷹隊の男、知ってるんだろうか。間違《まちが》いなくシャーロットに惚《ほ》れてんだろうに。教えてやったほうが親切か？　いや、そんな出しゃばり親切は俺の柄じゃないな）と思う。


翌日の朝十時。

ノエル王子が迎《むか》えに来た。シャーロットは護衛やお付きの方々を含《ふく》めて総勢八名くらいで行くものだと思っていたのに、ノエル自身が護衛を連れておらず、王女のお付きの方々も同行しないと言う。

「王女殿下《でんか》がいらっしゃるのですからお付きの皆様《みなさま》もご一緒にお願いいたします」

するとオリヴィエ王女がすまし顔で断る。

「私は行かないわ。ね？　アデル」

「うん、おじゃまなの」

お付きの方々がくすくす笑っていて、彼女たちが王女たちに何かを吹《ふ》き込んだことは明白だ。お付きの方々はシャーロットに生温かい視線を向けてくる。

「さあ、行くぞ」

「は、はい」

諦めきれずにドアのところで振《ふ》り返ると、全員が声を出さずに口だけ動かして「行ってらっしゃい」と手を振っていた。そんな気は利かせてくれなくていいのに、と思いながら歩いているシャーロットに比べて、ノエルはご機嫌だ。

「立太子式はもうすぐだな」

「ノエル殿下は立太子式に参加なさるためにこの国にいらっしゃったんですよね？」

「いいや、違う。それは兄の役目だ。俺《おれ》は例年通りに真珠《しんじゅ》を売りに来ただけだ」

「真珠ですか？」

ノエルによると、チュニズ王国は何十年も前から真珠を売りに来ているのだそうだ。一年間に採れた真珠のうち、質のいいものだけを選んでこの国の王家に運ぶ。もちろん他の国にも売りにいくが、ランシェルの王家は上得意客なのだそう。

「ランシェルの王女は昔から真珠のアクセサリーを持って嫁《とつ》ぐだろ？　ネックレス、ピアス、指輪、ペンダント、ティアラ。あれに使われる真珠は全部チュニズの真珠なんだ」
「私はそれも知りませんでした」

「なんだ、知らなかったのか。真珠は貝が作るものだからな。大きさ、形、色、巻きの厚さが全部違う。だから過去に買い上げた真珠と照らし合わせて、色を揃《そろ》えたり大きさを揃えたりして毎年少しずつ買い足してくれるのさ。ランシェルはそうやって十数年かけて真珠のアクセサリーを作って嫁《よめ》入《い》り道具にするんだよ。今の王家は王女が二人だから、上得意客様だ」

「そうなんですか」

二人で歩いているうちに前回レオに教えてもらった四阿《あずまや》に着いた。

クレマチスの盛りは過ぎていて、今はラナンキュラスがたくさん咲《さ》いていた。色とりどりの豪華《ごうか》な花を眺めながら、ふと視線を感じて辺りを探すと、少し離れた場所でレオが作業していた。

レオはシャーロットが見ているのに気がつくと「うん、うん」とうなずく。

（うんうん、って何よ）と思ってノエルを見ると、ノエルは自分をじーっと見ている。

「なんだ、あの庭師と親しいのか」

「ただの知り合いです」

「お前はもてるだろう」

「いえ」

「仲のいい男はいないのか」

ふと、シモンの顔が浮かぶ。二人だけで食事に行ったことがあるのはシモンだけだ。

(でも、仲がいいと言っていいのかどうか)

「いるようだな。俺は気にしないが」

「気にしないって、何をでございますか?」

「お前、俺と一緒にチュニズに来ないか? お前のように美しさと強さを兼ね備《そな》えた女は稀《まれ》だ。弓の腕もたいしたもんだった。気に入ったよ」

(決断が早い……)

ろくに会話もしないうちに国に来ないかと言われて、失礼にならないお断りの言葉をこの場では思いつかなかった。

「全く嬉《うれ》しそうな顔をしないんだな。チュニズでは嫌か?」

「チュニズが嫌なのではありません。失礼ながら、どんな国かも存じ上げないのです。ただ、私はまだ、結婚したくありません」

「お前は何歳《なんさい》だ?」

「十七です」

「なんだ、十分じゃないか。チュニズはランシェルほど身分にうるさくない。俺は第三王子だからよけい問題ない。俺の妻になれ。チュニズ王国はいいところだぞ。ちょっと前までは海賊を生業《なりわい》としていた連中が多いから、少々荒《あら》っぽいところはあるがな」

嫌だ、と思った。

多分、平民の自分にはとんでもなくいい話だろうし、チュニズに行ったらバンタースの影《かげ》に怯《おび》える必要もない。だけど咄嗟《とっさ》に（嫌だ、嫌だ嫌だ）と思った。

母の行方《ゆくえ》がわかり、父が戻って来た。

自分は小さな世界から広い世の中に踏み出して、多くの人と関わりながら働くことが楽しくて仕方ない。お城仕えを捨てたくない、この暮らしを手放したくない。

「返事がないのか。無理強《むりじ》いする気はないが、立太子式が終わって各国の使者が帰ったら俺も帰る。それまでに返事をくれ。よく考えろ。俺が王子としてお前を無理矢理《むりやり》連れ帰るのではつまらんからな」

「わかりました。すぐにお返事できず申し訳ございません」

その場はそれで話が終わり、チュニズの生活や気候の話などを聞いてノエルと別れた。

王女たちの部屋に戻り、お付きの方々に根掘《ねほ》り葉掘《はほ》り質問された。肝心《かんじん》な箇所《かしょ》はぼやかして、チュニズの話を聞いていた、と説明しながら刺繍をした。

平民の自分が他国の王族の求婚《きゅうこん》を断るにはどうすればいいか、ぐるぐる悩みながら自分の部屋に帰ろうとしているところに声を掛《か》けられた。

「シャーロット?」

「はい。あっ、メリッサさん」

「ちょっとこっちにいらっしゃい」

そう言って上級侍女管理官のメリッサがシャーロットの腕に自分の腕を絡めるようにしてグイグイと引っ張り、彼女の部屋に連れ込《こ》まれた。

「な、なんでしょうか」

「あなた、チュニズの第三王子と二人でお庭を歩いていたんですって?」

「はい。ついさっきですが」

「やっぱり。見ていた人がいて、私の耳にも届いたのよ」

「メリッサさん、噂《うわさ》って本当に羽が生えているんですねぇ。ほんの少し前のことなのに」

メリッサはなぜか憤《いきどお》った顔で「あなた今から時間がある?」と言う。

「ありますけど、そろそろ夕食の時間ですので食堂に行かないと」

「いいわ、私がご馳走するからちょっと私に付き合いなさい」

「……はい。わかりました」

こうしてシャーロットはメリッサと外食に出ることになった。

ここは上級侍女を管理するメリッサの行きつけという食堂で、上品な店構えだ。二人は今、隅《すみ》の席で定食を頼んで果実水を飲みながら話をしている。メリッサは苛立《いらだ》ちを抑《おさ》えているような雰囲気だった。

「あなたにまず、二つ伝えなきゃならないことがあるの」

「なんでしょう」

「一つ目。王妃《おうひ》殿下《でんか》のお付きの女性が『シャーロットを十日間、衣装《いしょう》部に通わせるように』という指示を私に伝え忘れていたの。王妃殿下に叱《しか》られたらしくて、半泣きで謝《あやま》りに来たわ。お付きの方も目が回るほど忙《いそが》しいから、許してあげて」

「はい。それはもちろんです」

そこでメリッサがひとつ深呼吸する。

「二つ目。あのね、あの王子は悪い人ではないと思うけど、知っておくべきことがあるの」

「はい」

「あの王子、結婚はしていないけど、一緒に暮らしている恋人《こいびと》と、子どもが三人もいるのよ」

「さんっ？」

「しいっ。声が大きい。実は数年前にも同じようなことがあった。真珠を売りに来て、声をかけたのはやはり上級侍女。あなたほどじゃなかったけれど目立つ美人だったわ。伯爵《はくしゃく》家《け》のご令嬢《れいじょう》だった」

「それで、どうなったんです？　どうして子供のことがわかったんですか？」

メリッサは『まあまあ落ち着いて』と言うように片手をシャーロットに向けて立ててから、事細かく話してくれた。

伯爵家から行儀《ぎょうぎ》見習いと結婚相手を探しに来ていた令嬢は、ノエルに告白されて本気になった。

仕事を辞《や》めるつもりでメリッサに報告に来たので、メリッサは「ちょっと待って」と退職を思いとどまらせたのだそうだ。

メリッサは、ノエルが毎年いろんな侍女と仲良さげに庭を歩いているのを知っていたからだ。城の外でも会っているという噂もあった。

行きつけの酒場で働いている女性に声をかけ、チュニズの船乗りたちに接触《せっしょく》させてノエルのことを聞き出させたのだ。

「あなた、聞いてびっくりよ。あの第三王子は本国の屋敷《やしき》に恋人と三人の子どもがいるの。もちろん母子の生活はちゃんと面倒《めんどう》を見ているけれど、その他に外にも恋人がいるらしいのよ。どちらも正妻にはしていないの。三年前の話だから恋人と子どもの数は増えている可能性もあるわ」

「私、なんとなく納得できる気がします。あの感じですものね」

「あなた、チュニズに一緒に行こうって言われなかった？」

「言われました。妻にって」

「さすがに今度は妻にするつもりなのね。なんて返事をしたの？　まさか……」

「考えさせていただくことになりました」

「よかった」

　メリッサは胸に手を当ててホゥッと息を吐《は》いてから果実水を飲み干した。

三年前の伯爵令嬢《はくしやくれいじよう》は話を聞いてチュニズ行きを断り、今はそこそこ裕福《ゆうふく》な伯爵家の夫人となっているそうだ。

「養わなきゃならない家族がたくさんいるとか、結婚しなくてはと焦《あせ》っている人ならともかく、あなたはまだ十七よ。第一王子ならともかく第三王子だもの。そんなところに行く必要はないわ。あなたならもっといいお話が来る。私が保証するわよ」

「私、一緒にチュニズに行かないかと言われた時、咄嗟に嫌だと思ったんです。もっと働きたい、もっと自分でお金を稼《かせ》いで、自分のために生きてみたいって思ったんです」

シャーロットの言葉を聞いたメリッサが両手でシャーロットの手を握《にぎ》った。

「なんとなく同類の匂《にお》いがすると思ったわ。私ね、まだ若い頃に母に何百回も言われたわ。『結婚しないで生きるつもり？　変人扱いされるのよ？』って」

「変人だなんて、そんなことないです！」

「母に言わせると、十六歳《さい》を過ぎた女は結婚して子どもを産むか、後妻に入って先妻の子を育てるか、結婚せずに変人扱いされるか、この三つしか道はないらしいわ。だから私、ある日我慢《がまん》できなくなって『喜んで変人と呼ばれる道を選びます』って返事をしたの。おかげで親とはすっかり疎遠《そえん》になったわ。疎遠のまま親は旅立ったの。でも後悔《こうかい》はしていないわ」

自分の母は主の子を愛情たっぷりに育てて、人生を終えた。だけどいつも父と仲良しで、ちっとも変人じゃなかった。

「私、メリッサさんのお母様のおっしゃる道のほかにも別の道があると思います」

「そうよ、その通り。『気楽にひとり暮らしを楽しむ生き方』だってある。私がそれ。でも母は独り者の強がりだって馬鹿にしていたわね。『可哀《かわい》そうなメリッサ』って何度言われたことか」

　メリッサは少しさみしげな顔になって、当時のことを話してくれた。

「母が幸せそうならともかく、私の目には全く幸せそうには見えなかった。その母の言うとおりにしたら私まで同じ不幸にどっぷり浸《つ》かると思ったわ。母はね、父に申し出てお金の使い道を説明しないと、靴下《くつした》一足も自由には買えなかった。ミモザ色が好きでもそんな色は派手だと言われてミモザ色の服を着ることは死ぬまで一度もなかった。髪型《かみがた》も、お茶会に呼ぶ相手も全部父が選んでいた。それ、うちだけに限ったことではないわ。そういう夫婦《ふうふ》は結構多いのよ」

「そんなことまで旦那《だんな》さんが決めるんですか」

「この仕事に就《つ》いていろんな貴族令嬢の打ち明け話を聞いたけれど、多いわね」

　母は好きなように生きていた。楽しそうで幸せそうだった。いつも笑っていた。それが普通《ふつう》なのかと思っていたが、自分は幸せな家庭で育ったのだ、と気づく。あの頃は普通のことだと思って気づかなかったけれど、とても幸運だったのだ。

「あの王子が恋人をどう扱っているかは知らないけれど、綺麗《きれい》な女性を身の回りに集めているのは確かよ」

「確かに、罪悪感無しでそういうことをしそうな人でした。メリッサさんは仕事がお好きなんですね」
「仕事は好きよ。私を自由にしてくれる。夫の言いなりになってる女性は、子どもを育てるにしても自分一人では生活できないから我慢してる部分もあるんだと思う。お金は大切。お金は私を自由にしてくれる大切な道具よ。あの王子とチュニズに行ったら、贅沢《ぜいたく》はできるだろうけどあの人に捨てられたら生きていけなくなる。あの人にすがって生きることになるわ」

それでもいい、という人はいるのだろう。だけど自分は嫌だ、とシャーロットは思った。

父と母は対等だった。いや、むしろ母のほうが強かった。スザンヌの両親も仲良しで、互《たが》いを大切にしてるように見えた。

シャーロットは自分がどんな夫婦になりたいか、心の中で夫婦の理想像がぼんやりと形になった。

「私、与《あた》える人と与えられる人、みたいな関係は嫌です。私の両親はそうじゃありませんでした」

「そうね。幸せな夫婦もある。私、母には可哀想《かわいそう》な娘《むすめ》と思われていたけど、好きな色の服を着て、大好きなパイを食べたい時に食べることができて、お休みの日は好きなだけベッドで本を読める。十分満たされているの。それを親にわかってもらわなくてもいいってふっ切れるまで、ものすごく時間がかかっちゃったけどね」

メリッサの世代だと、今よりずっとずっと『結婚して子どもを産まないと半人前』と思われたはずだ。シャーロットはメリッサが乗り越《こ》えてきた時間を思いやる。

「下級侍女管理官のリディさんは？」

「彼女は男爵《だんしゃく》家の夫人よ。出産のあとは少しお休みしたけど、復帰したのよ。衣装係《いしょうがかり》のルーシーは平民だけど、やはり出産してから仕事に復帰してる。二人とも仕事を愛している人たちよ」

「私も、リディさんやルーシーさん、メリッサさんみたいな生き方がしたいです。働きたい。働き続けたいです」

メリッサはウンウンとうなずいている。

「あの王子は結婚を無理強いはしないはずよ。三年前も強引《ごういん》なことはしていないの。もし無理にあなたを連れて行こうとするなら私から王妃殿下に止めてくれるように頼んであげるわ。王妃殿下はあのお立場なのに私の考えを理解してくださる柔軟《じゅうなん》なお考えの持ち主よ」

確かに、あのノエル王子は無理強いはしないだろう。去る者は追わずの人のように思える。

「私ね、百年後か二百年後か、もしかしたら五百年後かもわからないけど、女性の生き方が結婚《けっこん》と出産だけじゃない時代が来るといいな、と思ってる。好きな仕事をして好きな本を読んで気楽に人生を過ごすことが責められない世の中が来ることを願ってるの」

そう言って微笑《ほほえ》むメリッサには内側から知性が滲《にじ》み出るような魅力《みりょく》があった。

店の前で別れて部屋に戻り、ベッドに入ってからシャーロットは考えた。

(ノエル殿下にとって、妻ってなんなのだろう。王族だから私なんかとは考えが違うのかもしれないけど)

自分が趣味《しゅみ》の収集物として見られたようでなんとも居《い》心地《ごこち》が悪い。

(私は平民として生きる道を選んだんだもの、結婚するなら好きな人としたい。仕事を楽しみたい。なによりも自由に生きたい)

そう思って目を閉じた。


翌朝、シモンと鍛錬《たんれん》をしようとしたら、挨拶《あいさつ》もそこそこに、

「兵士たちから君がチュニズの王子に気に入られたと聞いたんだけど」

と尋《たず》ねられた。

(どこまで話が広がっているんだろう)と噂の広まる速さに怯えながら、シャーロットはノエルの話をした。

視線をシャーロットの肩《かた》辺りに置いたまま話を聞いていたシモンは眉を寄せて、

「第三王子は毎年城に来ているが、そうか、あの人がいたな」

と呟《つぶや》く。

「シャーロット、君……」

「行きません。私、もっと自由でいたいし、城仕えが好きなんです。まだまだ働きたいんです。それにこの朝の鍛錬が大好きですし！」

「そうか。そう言ってもらえて嬉しいよ」

その日のシモンは全く剣が冴えず、立て続けにシャーロットに打ち負かされた。

「面目《めんぼく》ない」

「お疲《つか》れなんですね。シモンさんのお身体《からだ》が心配です」

「ありがとう。俺なら大丈夫《だいじょうぶ》だ。ただ、明日から立太子式が終わるまで朝の鍛錬は来られそうにない」

「そうなんですか……。しばらくはお会いできないのですね。残念です」

「あ、うん、そうだね。俺も残念だよ」

「仕方ないですよね。お仕事ですものね。頑張《がんば》ってください」

「仕事が片付いたら、また鍛錬をしにくるさ」

「楽しみにお待ちしています」

緩《ゆる》みそうになる顔を意識して引き締《し》めながら、シモンは兵舎へと帰って行った。

昼休みに外で日向《ひなた》ぼっこしながら一人でパンを食べていたら、庭師長のポールとレオにも「ノエル王子の話はどうなったのか」と尋ねられた。断ることを正直に話すと、ポールは、

「断るのか。相変わらず欲がないなぁ。まあ、シャーロットらしいが」

と笑い、レオは何も言わなかった。

目玉焼きと茹《ゆ》でた鶏肉《とりにく》が挟《はさ》んであるパンを食べながら、シャーロットは庭の花々を眺める。ノエルの申し出はひとつの分岐点《ぶんきてん》だったのだろうと思う。だが、どちらの道を選ぶのかに迷いはなかった。

「お母さん。私、森での暮らしは質素でも楽しかった。そちらの暮らしはどうなの？」

と雲を見ながらつぶやいた。

第四章　バンタース王国のイブライム王子

その日シャーロットは慣れ親しんだ衣装部に向かった。スザンヌが縁かがりを大量に持ってきて「あちらで何かあったの？」と心配そうに聞く。

「いえ、特には何もありません」

「そう？　王族付きに異動になったばかりでこっちに戻《もど》るって、変じゃない。衣装部は使者が来る前は衣装の制作で忙しいけど、人が集まってからは仕事がないのよ。逆に王族付きの仕事はこれからが忙しくなるんだもの。何かあったのかと心配してたの」

「私じゃ役に立たないのかもしれませんね」

王妃《おうひ》の配慮《はいりよ》の理由を知らないスザンヌは、気の毒そうな顔になって「気にしちゃだめよ」と慰《なぐさ》めてくれた。

シャーロットは居心地の良い衣装部でせっせと縁かがりの仕事をこなした。衣装部の人たちにお使いを頼まれると、シャーロットの臨時異動の事情を知っているらしい責任者のルーシーが、

「ハンナ、あなたが行ってきてくれる？」
とシャーロットの代わりに入った新人にお使いを回してくれた。その都度シャーロット
はハンナに小さく頭を下げた。
夕方になり、仕事を終えて食事をし、（今夜はゆっくり部屋で刺繍《ししゅう》でも）とくつろいで
いると、夜の八時すぎに『お付き』の女性がやって来た。
「遅《おそ》い時間に悪いわね。これから少しだけアデル殿下のところに来てもらえないかしら」
「はい。大丈夫です。何かありましたか？」
「アデル殿下が風邪《かぜ》気味で。いえ、お風邪自体はたいしたことがないのだけれど。もう夕
方からずっとぐずっていらっしゃって、『レナが来ないならシャーロットに会いたい』っ
て泣いていらっしゃるのよ」
レナはアデル王女が一番懐《なつ》いているお付きの方だ。
話を聞くと、今日はそのレナがお休みなのだそうだ。シャーロットは以前からその方を
（疲れていそうだな）とは思っていたが、やはり体調不良らしい。
「わかりました。今すぐうかがいます」
「助かるわ。ありがとう」
王女の部屋に到着《とうちゃく》すると、アデル王女が悲しそうな顔をして走ってくる。シャーロット

に抱《だ》きついて泣き出した。

「シャーロット、レナがいないの」

泣いているアデル王女に視線を合わせて、シャーロットがしゃがみ込み、そっと抱きしめた。

「レナさんはお休みですが、私がおりますよ、殿下」

「ずっと？」

「今夜は私がずっとおそばにおります」

そう言うとアデル王女はかがみ込んだシャーロットの肩にぐりぐりと顔をこすりつけた。

「レナに会いたい。ふえぇ」

泣き出したアデル王女を左腕《ひだりうで》で抱き上げて、背中をトントンと優《やさ》しく叩《たた》きながら窓に歩み寄る。見下ろした庭にはいつもよりたくさんのランプが灯《とも》され、多くの人影《ひとかげ》が動いている。

王妃殿下はきっとお仕事で忙殺《ぼうさつ》されていらっしゃるのだろう。今までもこれからもお忙しいのだ。

だからアデル殿下は具合が悪い時に最初に会いたい相手がお付きの人なのだ、と切なく思う。

王妃様を筆頭に、貴族は子育てをしないのがこの国の常識だから仕方がないことなのだけれど。

国と民のために尽力《じんりょく》する王妃様は、とんでもなく忙しい働くお母さんなのだ。

「殿下、本を読みましょうか？」

「ううん」

「眠《ねむ》くないですか？」

「眠くない。抱っこがいい。抱っこでお散歩」

「お風邪ですからお外は……」

「お外がいい。ふえぇぇ」

困って他のお付きの女性に目を向ける。

「お熱はないので少しだけなら。膝掛《ひざか》けに包《くる》んで抱っこをお願いできるかしら？」

「はい、わかりました」

お付きの女性は誰《だれ》も四歳のアデル王女を抱っこで歩くなんてできない。できるのは筋力のあるシャーロットだけだ。

体調が良くないアデル王女は何時間もぐずっていたらしく、皆《みな》の顔が疲れている。本来なら帰宅しているはずの顔ぶれがまだここにいるのだから、どれだけ大変だったかは想像がついた。

シャーロットはアデル殿下を膝掛けにくるんで抱き上げ、階段を降りて庭に向かった。階段で前を歩く護衛が振り返り、「自分が代わりますか？」と声をかけてくれたが、即座《そくざ》にアデル王女がイヤイヤをする。

「ありがとうございます。大丈夫です。私は力がありますから」

シャーロットがそう答えるとアデル王女はシャーロットの首にしがみついてピタリと身体をくっつけてきた。泣いている小さな背中をさすりながら歩く。

「イチゴ、見に行く！」

「イチゴですか？　殿下」

「うん、イチゴ」

「イチゴはどこに？」と護衛の男性に尋ねると「温室です」とのこと。

「では温室に参りましょうか」

「うん、行く」

シャーロットはアデル殿下を抱っこしたまま歩く。ノエルのことがあって以降、なんとなく心細い。この柔《やわ》らかい身体を抱っこし続けたい気分だった。

（心細いのは私もアデル殿下も同じね）と思いながら歩く。

「イチゴーイチゴーイチゴー」

温室が見えて来ると、さっきまで泣いていたアデル王女が抱っこのまま歌いだした。シャーロットは（ああ可愛《かわい》い）と思う。子どもに接することなく育ったので最初こそ対応がわからずに戸惑《とまど》ったものだが、今では王女たちが可愛くて仕方ない。

「イチゴ、あっち！」

温室に入ると抱っこされていたアデル王女がもがいたので、そっと下ろす。そのままアデル殿下が走り出し、通路の角を曲がったところで誰かとぶつかって仰向《あおむ》けに倒《たお》れた。

「殿下っ！」

シャーロットと護衛、お付きの方々の全員が駆《か》け寄る。

ぶつかった相手がアデル王女を起こしてくれた。「よいしょ」とアデル王女を立たせてから男性が蘭《らん》の鉢《はち》植えが並べてある棚《たな》の陰《かげ》から全身を現した。

「怪我《けが》はしていないと思うが、確認《かくにん》してくれるか？」

穏《おだ》やかな声でこちら側に話しかけた男性を見てシャーロットの心臓がトン！　と一拍《ぱく》だけ強く動いた。

その人はバンタース王国のイブライム王子だった。

シャーロットは反射的に腰《こし》を深く曲げ、下を向いてお辞儀《じぎ》をした。護衛たちも礼を述べたり謝罪をしたりしている。シャーロットの耳の奥《おく》が緊張《きんちょう》でキーンと鳴る。

皆がアデル王女とイブライム王子に目を向けている。誰もこちらを見ていないのを確認しながらシャーロットは護衛の大きな身体の背後にさりげなく立ち位置を変えた。

「大変失礼いたしました、アデル王女殿下」

イブライム王子は胸の前に腕《うで》を曲げて、アデルに頭を下げた。

「初めてお目にかかります。バンタース王国のイブライムでございます。アデル王女にお怪我がないといいのですが」

「だいじょうぶ。ごめんなさぁい」

「こちらこそ失礼いたしました」

イブライム王子は蘭の花を見に来たらしく、何人かを引き連れてゆっくり蘭の展示を見ていて出て行く気配がない。

シャーロットは静かに控《ひか》え目《め》に過ごした。

目が合わないように、注意を引かないようにしながら皆と一緒《いっしょ》に動く。アデル王女はイチゴを見つけて機嫌《きげん》を直し、触《さわ》ったり眺《なが》めたりしている。

やがてイブライム王子はお供たちや護衛たちと温室を去っていった。少ししてからシャーロットたちもアデル王女を促《うなが》して引きあげることにした。アデル王女はイチゴを摘《つ》んで

もらい、両手にひとつずつイチゴを持ってご機嫌だ。

「殿下、さあ、また抱っこで帰りましょう」

「うん！　イチゴ、持ってて」

アデル王女は護衛の男性の大きな手のひらにイチゴを二つ載《の》せると、またシャーロットの首にしがみついた。


温室を出たイブライム王子が城に向かって歩きながら背後に向かって声をかけた。

「ルイ」

そう言っただけで続きを喋《しゃべ》らない王子の意図を察し、侍従《じじゅう》のルイが王子の斜《なな》め後《うし》ろにぴたりと近づいた。

「はい、殿下」

イブライム王子が小声で話しかける。

「一人、美しい侍女《じじょ》がいたね？」

「いましたね」

「なあルイ、お前はあの侍女に見覚えはあるか？」

「いいえ、ありません」

「そうか。私は見覚えがあるんだ。だがどこで会ったのか思い出せないんだよ。絶対にどこかで会っているはずなんだが。喉元《のどもと》まで答えが来ているのに思い出せないのが実に気持ち悪い」

「殿下がお会いになっているのなら私も会っているはずですが、覚えはありませんね」

「そうか。旅の疲れのせいで勘違《かんちが》いをしているんだろうな」

そこでイブライム王子は「ふふっ」と笑ってルイを見る。

「あの侍女はルイの好みのタイプだろう?」

「はい。そうですね。よくお気づきで。でもさすがに他国の王族付きの侍女では」

「面倒か。それにしてもランシェルの蘭の収集はなかなか充実《じゅうじつ》していたな」

「はい。我《わ》が国《くに》にはない種類が何鉢《はち》も並んでいましたね」

「どこで手に入れたのか聞いてみなくては」

「私の方で調べておきますが」

「頼《たの》むよ。あの黄色い小さな花の蘭、特に気に入った。ぜひ私も手に入れたいものだ」

仲の良い主《あるじ》と従者は穏やかな雰囲気《ふんいき》のまま賓客用《ひんきやく》の部屋に入った。

翌朝、ノエルが衣装部にやって来た。

「シャーロットを借りてもいいかい？」

「はい、殿下《でんか》」

ルーシーが返事をして、シャーロットに（悪いわね）という視線を向ける。もちろんルーシーが断れる相手ではないのでシャーロットは（大丈夫です）という意味を込めてうなずいた。

ノエルは二人きりになるとすぐに話を始めた。

「帰りまで待つと言ったが、やはり早く返事が聞きたい。気持ちは決まったか？」

「大変申し訳ございません。チュニズには行けません」

「……そうか。なぜだ？」

「私は私を好いてくださる方と結婚したいと思っております」

ノエルが「はて？」という顔になってシャーロットを見る。

「俺はお前が気に入っているが」

「恋人とお子様が本国にいらっしゃるそうですね？」

「ああ、誰かに聞いたのか。心配は無用だ。俺は君を一番大切にする。約束する」

「申し訳ございません。私には耐《た》えられそうにありません。今後もここで働きたいと思っております」

「……そうか。実に残念だ」

案外あっさりと諦《あきら》めたノエルは「じゃ」と言って去っていった。少し元気がなさそうだったが、シャーロットは罪悪感を心から追い出した。本国に帰れば可愛い恋人と子供があの人を待っているのだ。自分が居なくても大丈夫なのだ、と。

いよいよ明日がオレリアン王子の立太子式、という日の夜。

ランシェルの国王がバンタース王国のバルニエ侯爵《こうしゃく》と歓談《かんだん》している。バルニエ侯爵はイ

ブライム王子に付いてこの国に来た重鎮《じゅうちん》だが、自分だけがひっそりと呼び出された理由が

わからず落ち着かない。

「オレリアン第一王子の立太子式に遠方より参加してくれたことを感謝する」

「わたくしこそ、オレリアン殿下の晴れの式典に参列できる喜びに打ち震《ふる》えております」

にこやかな表情のまま、エリオット国王はバルニエ侯爵を見つめて話を続けた。

「貴殿《きでん》が我が国のフォーレ侯爵家に多大な援助《えんじょ》をしていたこと、夫人に代わって礼を言う。

侯爵家といえども、全ての家の経済が順調ではないことは私も重々承知している。だが、

特定の臣下のみ優遇《ゆうぐう》するわけにもいかず、手をこまねいていた。バルニエ侯爵、富める者

の役目とは言え、あのような無償《むしょう》の援助はなかなかできることではない」

自分とフォーレ侯爵夫人のつながりが国王に知られていたことにバルニエ侯爵は驚愕《きょうがく》した。

（どこから漏《も》れたのか、どこまで国王に知られているのか）

笑顔《えがお》を貼《は》り付けたまま侯爵は忙しく頭を働かせる。

一方のエリオット国王は人の良さそうな笑顔のまま話を進める。

「フォーレ侯爵夫人は財政の立て直しに尽力していたのだが、その無理がたたったらしい。つい最近、体調を崩《くず》してウベル島にて療養《りようよう》することになったのだよ。実に気の毒なことだ」

（ウベル島だと？）

侯爵はその島の名前で全てを理解した。

ウベル島は療養地とは名ばかりで、ランシェル王国の貴族で重罪を犯《おか》した者が生涯《しょうがい》にわたって閉《と》じ込められる孤島《ことう》だ。つまり、自分の企《たくら》みは露見《ろけん》し、フォーレ侯爵夫人はウベル島に幽閉《ゆうへい》されたということだ。

絶句する侯爵にエリオット国王は柔らかな笑顔のまま話を続ける。

「ゆえに、長男のシモンが近々白鷹《はくたか》隊を除隊して、侯爵家当主として立て直しに力を尽《つ》くすことになったのだよ。あなたの無償の援助があればこそ、フォーレ侯爵家も立ち直れるというものだ」

（また『無償の援助』と言ったな。あの金は返ってこないのか）

バルニエ侯爵は今にも衛兵がなだれ込んで来るのではないか、この国で投獄《とうごく》されるのではないかという恐怖《きょうふ》で全身の皮膚《ひふ》がチリチリした。しかし（ここで人生を終えるようなことは断じて避《さ》けねばならぬ）と恐怖で縮み上がりそうな自分を叱咤《しった》する。

バルニエ侯爵はフォーレ家に貸した金は諦めるしかないと即断《そくだん》した。

「いえ、陛下。わたくしのような者がフォーレ侯爵家のような由緒《ゆいしょ》ある家のお力になれたことは名誉《めいよ》でございます」

「そうか。そう言ってくれるあなたに感謝の品を贈《おく》らねばならないな」

エリオット国王は金のベルをチリリンと鳴らした。

すぐに侍従が恭《うやうや》しく箱を捧《ささ》げ持って入ってきた。

「どうかこれを受け取って欲《ほ》しい。私からの感謝の品だ」

バルニエ侯爵は丁重《ていちょう》に小箱を受け取り、自分に提供された客室に戻ってから箱を開けた。

箱の中にはランシェル王国で功績を残した者に与えられる勲章《くんしょう》が入っていた。

バシッと、バルニエ侯爵は箱ごと勲章を床《ゆか》に叩きつけた。（山ほどの金貨と引き換《か》えに手にした結果がこれか）と国王の笑顔を思い出しながら箱を踏《ふ》みつけた。

怒《いか》りのあまり荒《あら》い呼吸を繰《く》り返していたが、やがて落ち着いた。

「まあいい。あの国王が気づいているかいないかは知らんが、あの娘を見つけたからな。ジョスラン国王に報告すれば十分見返りはあるはずだ」

そう、あの娘を差し出せば。

ずっとその存在を気にしていたジョスラン国王がお喜びになるだろう。当てにならない国家機密などよりずっと喜ばれるはずだ。

「エリオット国王。この借りは必ず返してやるからな」

バルニエ侯爵は温室であの侍女を見た時の衝撃《しょうげき》を思い出した。

死んだはずの前王妃が生き返ったのかと思うほどそっくりな侍女だった。他人のそら似というレベルではない。年齢《ねんれい》も連れ去られた赤子とぴったり同じくらいだった。

その侍女はイブライム王子と侍従のルイには視線を送ったが、その後ろで驚《おどろ》いている自分には目を向けることが一度もなかった。驚いた顔を見られなかったのは幸運だった。まだ運命の女神《めがみ》は自分の近くにいる。

バルニエ侯爵は自分と共にこの国に訪《おとず》れている護衛たちを呼び寄せた。

急に集められた侯爵家の護衛たちは何ごとかと驚いていた。

「お前たちに重要な役目を与える。この城で働く侍女を一人、バンタースに連れ帰れ。かつてバンタースにおいて重罪を働いた者の子どもだ。陛下がお喜びになる。立太子式が終わったあともお前たちは残れ。この城の使用人用の門を見張り続けろ。この国の者に気づかれないよう、その侍女を箱にでも詰《つ》めてバンタースまで運ぶのだ。最悪の場合、生死は問わないが、できれば生かしたまま連れ帰れ」

「はっ」

一人になり、バルニエ侯爵は考えを巡《めぐ》らせた。

「あの侍女は己《おのれ》の出自を知っているのか」

「ケヴィンとリーズはどこにいるのか」

「なぜあの時赤子を連れ出したのか」

「ジョスラン国王の狙《ねら》いを知っていたのか」

不明なことだらけだが、あの侍女を問い詰めればわかることも多いだろう。そう思うと先ほどの怒りも収まって来る。

「運命の女神は、まだ私を見放してはいない」

◇　◇　◇

その頃《ころ》、レオは自分の部屋で考え事をしながらナイフの手入れをしていた。

庭師の仕事に就けたのは幸運だった。

庭師なら敷地《しきち》のどこにいても不審《ふしん》には思われない。一時は庭師長のポールがぴったり自分に同行していたが、最近はそれもだいぶ緩んでいる。

おかげでバンタース王国の王子一行が城の敷地内《しきちない》に入ってきた時、近くの木の上にいることができた。ポールに怪《あや》しまれないよう剪定《せんてい》をしながらだったが、訪問してきた顔ぶれは確認できた。王子は父である国王が赤子を探し続けていることを何も知らないから、まあいい。ジョスラン国王もさすがに息子《むすこ》には汚《きたな》い自分を見せていない。

問題はバルニエ侯爵がいたことだ。

「あの男はジョスラン国王の懐《ふところがたな》刀だ。ジョスラン国王があの娘を探し続けていることにも気づいているはずだ」

前王の娘を狙う暗殺部隊がいたことは自分しか知らない。ジョスラン国王は人を信じない人間だからだ。

だが、あのバルニエ侯爵は国王が遠隔地《えんかくち》で謹慎《きんしん》させられている頃からの腹心だ。主の考えを読み取れる男だからこそ、今まで近くにいられたのだ。

レオはシャーロットが王子王女の世話係だからそうそう姿を見られることはないと思っていた。

なのに。

宿舎の窓から抜《ぬ》け出してバルニエ侯爵たちの動きを見張っていたら、同じ温室にシャーロットが来てしまった。シャーロットが王女を抱いて入って行くのを見た時は、シャーロットの間の悪さに舌打ちしてしまった。

「どうしたものかな」

レオはバルニエ侯爵とシャーロットが別々に温室から出てきたのを確認してから自室に戻った。自分に割《わ》り振《ふ》られた部屋が一階で、二人部屋なのに自分一人しか使っていないことはありがたかった。宿舎の出入り口の鍵《かぎ》を気にせず窓から出入りすることができる。

「さて、バルニエ侯爵はシャーロットの顔に気づいただろうか。気づいたとしたらどう出るか」

レオはすっかりシャーロットを守る側に立っている自分に気づいたが、自分のための言い訳はある。

「俺《おれ》はまだあの日のパンのお礼をしていないからな。これはあのパンのお礼だ」

今はまだ『あの善人の娘を守ってやりたい』と思っている自分を正面からは受け入れられないでいる。

ジョスラン国王のことも、自分たち兄弟を汚い世界に送り出した父親のことも、本当はもうどうでもいい。だが、『正義感』なんてものを自分が持つ資格がないとは思っている。父子二代にわたって汚い仕事で生きてきた自分は、正義感を持つことすら罰《ばち》が当たるような汚い身体だと思っていた。

「俺は正義感で動いているわけじゃない。宿を借りてパンを貰《もら》ったお礼をしたいだけだ」

自分でも、いい年をして子どもみたいな屁理屈《へりくつ》だと思う。でもそう思うことで自分がやろうとしていることに言い訳が立つなら屁理屈でもいい、と思った。

立太子式の当日がきた。

「ああ、長い。退屈《たいくつ》だ」

立太子式の間中オレリアン王子は退屈しきって、そう小声でつぶやいた。

だがここで駄々《だだ》をこねても一切《いっさい》の得がないことは十分承知している。だから粛々《しゅくしゅく》と自分が果たすべき役割を果たしていた。

どの貴族、どの使者も、オレリアンが何も資料を見ないで貴族たちの名前を呼び、的確な質問で近況《きんきょう》を尋ねると喜びの色を顔に浮《う》かべた。王子が自分を覚えている、領地のことを知っているという事実に大人たち全員が心をつかまれていた。

（早く鳥笛で野鳥と遊びたい。ピチットに会いたいなあ）

心のなかではそう思いながら、真面目な顔で大人たちに声をかける。

「そなたの領地では今年もワイン造りは順調か？」

「そなたの娘は今年成人するのだったな」

声をかけられた貴族たちは皆、顔をほころばせてその場を下がる。「オレリアン王子は賢王《けんおう》になられるに違《ちが》いない」と思いながら。

華《はな》やかに執《と》り行われた立太子式は国王の言葉で締め括《くく》られ、無事に終わった。八歳《さい》のオレリアンはその後の宴会《えんかい》に不参加でも許される。

「はぁ、疲れた。これでやっといつもの生活に戻れるよ」

ぼやきつつオレリアンは謁見《えっけん》用の大広間を後にした。

◇　◇　◇

バルニエ侯爵の命を受けた四人の護衛たちは、交代で城の使用人用の門を見張っている。

『その侍女が出てきたら適当な場所で確保しろ。そのままバンタース王国に運べ。生死は問わない』

今まで聞いたこともないような不穏《ふおん》な指示だが、彼《かれ》らに断る選択肢《せんたくし》はない。

護衛四人はレオの予想通り、使用人の出入りが見える宿に部屋を取っていた。監視《かんし》作業に不慣れな彼らが窓から門を注視している姿は、専門家のレオから丸見えだ。

レオは（シャーロットを狙うなら警護が緩んだ式典後、場所はシャーロットが城から離《はな》れたところを狙うはず）と推測した。

立太子式が終わり、集まった貴族や使者は続々と帰って行く。

バンタース王国の一行も帰って行く。その人数は来た時よりも四人少ない。バルニエ侯爵は誰かに何か聞かれたら「知り合いの貴族の家への使いに出している」と言うつもりだったが、出る時の検査は緩い。各国の使者は賓客なのもあり、ほぼ何も調べられずに門を通された。

レオはシャーロットを食堂付近で待ち受けて、事実のみを端的《たんてき》に知らせた。

「お前、バンタースの貴族に狙われているぞ。おそらく城から離れるのを待って襲《おそ》われる」

シャーロットはぎょっとした顔になったものの慌《あわ》てなかった。

「そうですか。明日、お休みなのでお父さんが迎《むか》えに来るのに」

とだけ答えた彼女《かのじょ》の様子から（あ、この娘、自分が狙われる理由を知っているな）とレオは確信した。

レオは次にシモンの部屋を訪問した。

調べておいたシモンの部屋は宿舎の二階なので、外から直接窓まで登った。指先でコンコンと窓ガラスを叩くと、抜刀《ばっとう》したシモンがカーテンを開けた。

狭《せま》い梁《はり》の上に立っているレオをシモンは眉間《みけん》にシワを寄せて眺めている。

口の動きで『シャーロット　危険』と伝えるとやっと窓を開けてくれた。

「たしか君は庭師じゃなかったか？　シャーロットが危険とは、どういうことだ？」

「シャーロットがバンタースのバルニエ侯爵の護衛たちに狙われています」

バルニエ侯爵はシモンの母に金を貸し、見返りにシモンを利用しようとした人物である。

「バルニエ侯爵が？」

「はい。明日はシャーロットが休みです。父親が城の前まで迎えに来るそうです。きっと家までの道中を狙われます。相手は四人。侯爵家の護衛なので腕前《うでまえ》はそこそこあるはず」

シモンはレオに尋ねたいことが山ほどあったものの（最優先すべきはシャーロットの身の安全）と質問は後回しにした。

「他国の侯爵家の護衛兵となると、確証もなしに兵は出せないな。俺が行く。シャーロットにも狙われていることを伝えなければ」

「シャーロットにはもう知らせました。シモン様はやつらの相手をお願いします」

「了解《りょうかい》した」

「俺を信用してくれるんですね？」

「俺を騙《だま》して君が得をする理由が思いつかないからな。詳《くわ》しい説明は後で聞かせてもらうよ」

「ありがとうございます。俺も助太刀《すけだち》した方がいいですか？」

数秒だけ考えるシモン。

「君の判断に任せる。問題はシャーロットの父親だな。森で見た時には動きが武人だと思ったが」

「そうですね、だいぶ昔のことではありますが、彼は猟師《りょうし》の息子という立場から剣《けん》の腕一本でのし上がった凄腕《すごうで》の兵士でした。腕が落ちていなければいいのですが」

シモンの決断は早かった。

「なるほど。それなら彼の身の安全は彼自身に任せよう。殿下が森に行った時はナイフを外していたが、おそらく今回はナイフを身につけて来る。俺は明日の一番鶏《いちばんどり》の時刻には門のところで待機しておく」

「信用してくれてありがとうございます」

「俺こそ礼を言う。知らせてくれて助かった」

シモンはわずかに微笑《ほほえ》み、その笑顔の眩《まぶ》しさにレオは少し引いた。

翌朝、シャーロットはレオとシモンを見て「お手数をおかけします」と頭を下げた。

「レオさん、相手は四人でしたね？」

「そうだ。どうする？　家に帰るのをやめるか？」

「いいえ。父が来ますから。巻き込《こ》むことにはなりますが、父は腕が立ちます。今まで守られてばかりだった私ですが、今回は私も立ち向かいます」

シモンはそれでも心配そうな顔をしている。

「シモンさんが来てくださるなら大丈夫かと。この機会を逃《のが》せば、私はずっとお城に引きこもることになります。それは嫌《いや》です。やましい理由はあちらにはあっても私にはありませんから。でも、私のせいでいろいろご迷惑《めいわく》をおかけします。申し訳ございません」

「謝《あやま》るな。俺は君を守りたいだけだ」

（ほう）という顔のレオ。驚いて固まるシャーロット。

やがて、開門の時間が来た。


「お父さん！　お迎えありがとう！」

「シャーロット。久しぶりだな。さあ、乗りなさい」

シャーロットは笑顔で荷馬車の御者席《ぎょしゃ》に乗り込んだ。

御者席に座《すわ》る前に笑顔で父のリックにあれこれ話しかけながらウエストのベルトを緩め、ワンピースの中に隠《かく》しておいた木剣《ぼっけん》をさり気なく御者席の床に落とした。

リックはそれを見ても何も言わず、チラリとシャーロットの顔を見ただけだ。

襲撃者《しゅうげきしゃ》が見ていることを意識して、自然な会話に見えるような表情を取りつつ、シャーロットはリックに襲撃の話も伝えた。リックは心得たもので、うんうんと笑顔でうなずきながら話を聞いてくれる。

荷馬車はのんびりのんびり進んでいる。荷馬車の背後を四人の男たちが早足で尾行《びこう》しているが、シャーロットと父のリックは会話をしていて振り返ることはない。

王都から離れ、森への脇道《わきみち》に入ろうかという頃には、辺りに人影がなくなった。それを待っていた四人の男たちが一斉《いっせい》に走り出し、剣を抜いて荷馬車に襲いかかった。

荷馬車の前に飛び出して馬を止める者、シャーロットを引きずり下ろすために荷馬車に足をかける者、リックに斬《き》りかかる者、荷台に飛び乗って背後からリックを狙う者。

連携《れんけい》の取れた動きで荷馬車はあっという間に男たちに支配された、かと思われた。

襲撃者に驚いた馬がいなないて暴れた時、リックは迷うことなく大型ナイフを腰の鞘《さや》から抜いた。自分に襲いかかって来た男の剣を避《よ》けつつ相手の腕に深傷《ふかで》を負わせ、すぐさま男の喉《のど》に左の拳《こぶし》を叩き込む。

「があっ！」

獣《けもの》じみた声を出しながら体勢を崩した男に、リックが御者席から飛び降りながら馬乗りになる。大型ナイフが陽光を反射してギラリと光った。リックは男の両方の肩関節《かた》にナイフを刺《さ》した。

シャーロットは襲われると同時に木剣を手に取り、柄頭《つかがしら》を男の鼻に叩き込んだ。

こんな反撃《はんげき》を想定していなかった男は鼻から出血させつつ慌てて剣を振りかぶろうとしたが、その右上腕の骨をシャーロットの木剣が素早《すばや》く打ち砕《くだ》く。

うめき声を漏らして身体《からだ》を折り曲げた男の鳩尾《みぞおち》に、今度は体重を乗せた重い剣先《けんさき》を突《つ》き入れた。男は呼吸ができなくなり、街道《かいどう》に転がった。

荷台から襲い掛《か》かろうとした男は背後から背中を切り裂《さ》かれた。剣を振り下ろしたのはシモンだ。

声も出さずに倒れた男の腿《もも》に剣を刺して動きを止め、シモンは荷台から御者席を踏み越《こ》えた。前方からリックを襲おうとしていた男の肩から胸へとシモンが叩きつけるようにして剣を振り下ろした。

しかし男はそれを予想して身を翻《ひるがえ》し、振り返りざまに剣を横になぎ払《はら》う。シモンはのけ反ってギリギリで避け、一瞬《いっしゅん》身体を沈《しず》ませてから男の腹から胸を斬り上げた。

あっという間に四人の護衛たちが街道に倒れた。

シモンがシャーロットを振り返り、

「怪我はない？」

と声をかけたが、シャーロットはシモンの顔を見て「ひっ！」と細い悲鳴をあげた。

「ん？」

「シモンさんっ！　お顔がっ！」

シャーロットはシモンに近づこうとして倒れている男につまずき、それを踏んづけてシモンに駆け寄った。シモンの端整《たんせい》な顔に大きく傷がついていた。左頬《ほお》の下から鼻を通り、右目の下まで傷が赤く口を開けていた。たくさんの血が流れ出していて、シモンの顔と服を赤く染めている。

シモンは剣に触《ふ》れていないので（ああ、たまにあるかまいたちみたいなものか）と落ち着いている。むしろシャーロットの狼狽《ろうばい》を申し訳なく思う。

「ああ、深い傷じゃないから大丈夫《だいじょうぶ》。多少切られるのは覚悟《かくご》して距離《きょり》を詰めたんだ。その方が早……」

シャーロットがシモンの血だらけの顔を両手で挟《はさ》み、顔を近づけて傷を覗《のぞ》き込む。シャーロットの手は冷え切り、耳には自分しかいない森の家の静けさが甦《よみがえ》る。

（いやだ、いやだ、もう誰も失いたくない！）

「シャーロット？　あの、浅い傷だよ？」

「お父さん、血止め草を出して！」

引きつった顔でシモンの傷から目を離さないシャーロットをシモンがなだめる。

「シャーロット、大丈夫。頭や顔は血が出やすいんだ。すぐ止まるから。深くは切れてない。そんなに心配いらないんだよ」

「シモンさんはご自分で傷を見ていないからそんなのんきなことをおっしゃるんです！ああもう、私がさっさと全員を倒しておけば良かった！」

「いや、それはどうかな。俺の出番がなくなるじゃないか」

「冗談《じょうだん》をおっしゃっている場合ですか！」

「あ、うん。ごめん」

シャーロットはリックが渡《わた》してくれた血止め草を、両手でよく揉《も》んでからシモンの顔に当てた。乾燥《かんそう》させてある血止め草は、血を吸ってみるみる黒っぽく色を変えていく。

「どうしよう、ほんとにどうしようっ！」

「シャーロット、大丈夫だから。こんな傷では死なないから。落ち着いて」

「こんな大きな傷、私のせいで！」

うろたえるシャーロットの手をシモンが両腕《りょううで》でそっと包み込んだ。

「大丈夫大丈夫、落ち着いて？　たいして痛くもないさ、こんな傷。シャーロットは初めての実戦なんだね。もう終わったんだから、落ち着いて」

低く小さな声でシモンがなだめるように話しかける。

リックが眩しいものを見るような目で二人を見た後で、転がっている男たちを一人一人荷台に放《ほう》り込んだ。大怪我《おおけが》をしている者が二名、骨折などの怪我はしているが命に別状はない者が二名。

全員の腕だけを荒縄《あらなわ》で縛《しば》り、逃《に》げられないように素早く片足首の腱《けん》を切った。

シャーロットは狼狽しながらシモンの顔に血止め草を当てていたが、上から押《お》さえるにはハンカチではどうにもならない。迷いなく自分のワンピースの裾《すそ》をビッ！　と両手で引き裂いて包帯がわりに顔に巻き付け始めた。

「えっ？　いや、いいよ、止まるよ血なんて。傷は浅いんだ、大丈夫だから」

「いいから喋らないでください！　血が出ます！　私がこうしたいんです！」

「うん……ありがとう」

顔をぐるぐる巻きにされながら、シモンは目のやり場に困っていた。

腰を下ろしているシモンの目の前を、真っ白ですんなりしたシャーロットの脚《あし》が右に左に動いている。つるんとした膝頭《ひざがしら》や、柔らかそうな腿までがチラチラ見えるので慌てた。必死に手当をしてくれているシャーロットの脚を見るのは申し訳なくて、シモンは目を閉じて手当てを受けることにした。

それを少し離れた森の端《はし》からレオが眺めている。シャーロットが危なそうなら出て行こうと思っていたが、制圧まで一分かかったかどうか。

「おっそろしい人たちだなぁ。すぐにケリがつくだろうとは思ってたけど、ほんとに一瞬で終わっちまった」

手に握《にぎ》っていたナイフを鞘にしまい、レオは歩き出した。

「ケヴィンが奴《やつ》らの足首の腱を切っていたな。なるほど、あれで歩けなくなるわけか。さすが猟師の息子。手際《てぎわ》がいいや」

迷いなく手慣れた感じに敵の足首の腱を切っていたケヴィンの様子を思い出して、レオはふるりと身体を震わせた。

「それにしてもシモン、あいつやっぱり強《つえ》ぇな。顔はいいわ貴族だわ剣の才能もあるわって、不公平が過ぎんだろ、神様よ」

レオは森の中を移動しながら今後のことを考えていた。

（場合によっては、俺は姿を消さなきゃならないな。庭師長にはまだまだ習いたいことがあったが）

シモンが自分のことを上の人間にどう報告するのか不明だ。

（いつでも逃げ出せる準備だけはしておくか）

それに今朝はとんでもなく遅刻《ちこく》している。それらしい遅刻の言い訳を考えなくては、と思いながら城を目指した。

シャーロットたちを乗せた荷馬車が城の通用門に到着《とうちゃく》すると、大騒《おおさわ》ぎになった。

御者席には顔をぐるぐる巻きにされ、上半身が血だらけのシモン。

スカートを引き裂いて綺麗《きれい》な脚を剥《む》き出しにしたシャーロットも、手やワンピースのあちこちが血で赤く、荷台には怪我人《けがにん》が四人も転がされている。

リックもところどころ返り血を浴びていて、全員が戦場帰りみたいな有様だ。

すぐに兵士や白鷹隊が殺到《さっとう》してシモンは医務室に運ばれ、襲撃者は荷馬車ごと運ばれて行った。

シャーロットとリックは事情を聞かれるために城の一室へと連れて行かれた。そこに衣《い》装《しょう》部のルーシーとスザンヌが駆《か》け込んできた。

「シャーロット！　あなたが血だらけだから着替《きか》えを持って来るよう言われたんだけど、怪我《けが》は？」

「私は無傷です。でもシモンさんがっ！」

涙《なみだ》を浮かべて駆け寄ろうとしたシャーロットを見て、ルーシーが慌てた。

「待って待って。まずは着替えをして顔や手に付いてる血を洗いましょう。あなた、どこもかしこも血だらけだわ。お父様にも着替えを用意します。スザンヌ、あなたはシャーロットをお願い。私は男性用の着替えを持って来るわ」

ルーシーは血だらけのシャーロットに抱《だ》きつかれないようにしながらスザンヌに指示を飛ばした。


謁見用の少人数用の部屋に、国王と王妃《おうひ》が並んで座っている。その前には制服に着替えたシャーロット、顔に白い包帯を巻かれたシモンも着替えている。その隣《となり》は使用人用の服に着替えたリック。

呼ばれた宰相《さいしょう》以外は人払《ひとばら》いがなされて、少人数用とはいえ広い部屋には六人だけだ。

「まずは無事に帰還《きかん》できてなによりだ。シモンの怪我は深手ではないのだな？」

「はい。傷は浅いです」

「使用人に確かめさせたが、四人はバルニエ侯爵の護衛で間違《まちが》いないそうだ」

シモンが苦しげな顔になる。

「おそらく母の借金のせいかと。シャーロットに手を出したのは、私が役に立たなかったことへの仕返しでしょうか。シャーロットと剣の鍛錬《たんれん》をしていることを聞き及《およ》んだのかと思われます」

「いや、違うんだ、シモン」

エリオット国王は額に右手の指先を当てて考《かんが》え込んでいる。それを見てクリスティナ王妃が国王に小さく話しかけた。

「陛下、そろそろシモンや宰相にも真実を伝えるべきなのではありませんか？　今後、このようなことが再び起きないとも限りません」

「ああ。そうだな。私も今、それを考えていたところだよ、クリスティナ」

エリオット国王はシャーロットを見て話しかけた。

「シャーロット、お前の秘密をここで話してもいいだろうか」

リックが顔を上げ、シャーロットは一度うつむいてから顔を上げて返事をした。

「陛下、私のせいでシモン様にお怪我を負わせました。もう、こんなことはたくさんでございます。他の人達《たち》に秘密にしていただけるなら、私はかまいません。いいわよね？　お父さん」

「父さんはシャーロットの考えを尊重するよ」

そこから国王がシャーロットの生まれのことをシモンと宰相に説明した。

要所要所でリックに確認《かくにん》し、細かい部分はリックが補足した。かなりの時間が過ぎた頃、シモンと宰相は驚きで少し口を開き、目を丸くしてシャーロットを見つめていた。

「あの事件の王女がこの侍女《じじょ》だったとは。陛下、歌劇の筋書きの上を行く話ですな」

「確かにな。シャーロット、このままでは危ない。バルニエ侯爵にそなたの出自を気づかれてしまった以上、何か手を打たねばなるまい。襲撃者のことでバンタース王国に抗議《こうぎ》はできるが、前王の娘《むすめ》をこちらに返せと言われる可能性が大きいぞ」

皆《みな》が打開策を考え込んでいるところにドアがノックされた。

宰相が対応に出て小声で話をし、慌てて国王に早足で近づいた。

「陛下。バンタースの王子一行が戻《もど》って来たそうです」

「……ほう?」

エリオット国王が驚いた顔になり、それからゆっくり笑顔になった。その笑顔がかなり黒くて、王妃は苦笑《くしょう》した。

シャーロットたちは隣室《りんしつ》へと移動させられたが、なぜか謁見室との境のドアは全開にされていた。話を聞いていろ、ということだろうと三人は判断した。

慌ただしい足音がドアの外から聞こえてくる。

ゆったりと構えている国王夫妻と宰相の前に、バンタースの王子、従者ルイ、バルニエ侯爵の三人が入ってきた。

「これはイブライム王子。どうしたのだね？」

「陛下、私、大変な見落としをしていました」

「ほう。見落としとは？」

「アデル王女付きの侍女のことです。彼女を見た時、どこかで会ったことがあると思いながら思い出せないでおりました。しかし帰途《きと》の馬車の中で思い出しました。彼女は私が王城で毎日目にしていたソフィア前王妃の絵姿にそっくりなのです」

興奮した様子のイブライム王子の背後でバルニエ侯爵の顔色が冴《さ》えず、視線も定まらない。

侯爵の様子を眺《なが》めながらエリオット国王は（さて、どうしてやろうか）と冷静に考えていた。

「陛下、あの侍女に会わせてください。彼女が前王妃の娘ならば、連れ帰らねばなりません。いいえ、連れ帰ってやりたいのです。私の従妹《いとこ》です。他国で使用人をさせておくわけにはいきません。それに、連れ去られた経緯《けいい》を聞き出さねば」

「なるほど。そんなに母親にそっくりでしたか」

エリオット国王の声に含《ふく》まれる不穏な色にイブライム王子がわずかに眉《まゆ》をひそめた。

「陛下？」

「実はつい先程《さきほど》、その娘が襲われたのだよ、イブライム王子」

「襲われ……無事なのですかっ？」

「ああ、安心しなさい。その侍女は無傷です。彼女は大変に剣の腕《うで》が立つ娘でね。一緒《いっしょ》にいた者と力を合わせて襲撃者を全員、殺さずに連れ帰って来たのだ。残念だったな？　バルニエ侯爵《こうしゃく》」

黒い笑顔でバルニエ侯爵に声をかける国王の視線をたどって、イブライム王子がゆっくりと侯爵を振り返った。

「侯爵？　どういうことだ？」

「殿下《でんか》、これにはいろいろと事情がありまして」

「事情？　まさか……お前が襲撃に関係してるのかっ！」

弁明したくても侯爵の頭に思《おも》い浮かんだ言葉はどれもこの場では言えないことばかり。

それでも侯爵は脂汗《あぶらあせ》をかきながら弁明しようと口を開いては閉じ、また開いては閉じる。

「殿下、襲撃した者たちは全員がその侯爵の護衛ですよ。他国に祝いの名目で訪れて、我《わ》が王家が大切にしている使用人を殺そうとする。これがバンタース王国で起きたことならば、ジョスラン国王はどう処分するのか。ぜひ聞かせてほしいものだ」

何も知らない王子と従者ルイが驚愕しているのを見て、エリオット国王は控《ひか》えの部屋に向かって声をかけた。

「シモン、シャーロット。二人とも入ってきなさい」

バンタースの一行が振り返る中、血の滲《にじ》む包帯を巻いたシモンと緊張《きんちょう》した顔のシャーロットが入って来た。リックは国王の「二人とも」という言葉の意図を察し、気配を殺したまま室内にとどまった。

「イブライム王子よ。この後で襲撃した当人たちに会ってもらうが、まずは我が国《くに》の被害《ひがい》について説明しよう。シモンは我がランシェル王国の侯爵家当主だ。そのシモンがバルニエ侯爵の護衛たちに斬りつけられ大怪我を負った。シャーロットを殺そうとしたことも問題だが、侯爵家当主が被害を受けた。これはもう、国家間の戦争になってもおかしくないほどの大問題だが?」

イブライム王子が言葉を失ってシモンとシャーロットを見つめる。

かなりの間を置いて、イブライム王子が話しかけたのはシャーロットでもシモンでもなく、バルニエ侯爵だった。

「侯爵、私は父に関する黒い噂《うわさ》のことを、ずっと悪意で捏造《ねつぞう》されたものだと思っていたよ。あの噂は本当だったのか？　父上が実の兄を毒殺し、生まれて来る子どもをも手にかけようとしていた、というあの噂だ。長年父の腹心だったお前なら知っているのだろう？　ずっと尋《たず》ねることすらためらっていたが、今こそ問い質《ただ》そう。お前に襲撃を命じたのは父上なのか？」

「……殿下、私は何もお答えできません」

「そうか。答えられないのか」

イブライム王子は悲しみとも怒りともつかない顔で侯爵を眺めたあと、エリオット国王を振り返った。

「バンタース王国王太子の権限により、只今《ただいま》をもってこの者の身分を剥奪《はくだつ》し、貴国の侯爵及《およ》び使用人への襲撃を命じた『平民』として差し出します」

「殿下っ！　お許しください！　わたくしは陛下のために尽力《じんりょく》してまいりました！　それだけはどうか！」

「バルニエ、罪を犯《おか》したら償《つぐな》うのがこの世の道理だ」

イブライム王子が静かに言い放つのを聞いて、国王が控えていた騎士《きし》たちに目を向ける。

「幽閉《ゆうへい》せよ。平民用の牢獄《ろうごく》だ。間違えるなよ」

「はっ」

「陛下、この男が犯した罪、バンタースを代表して私が謝罪します。必ずこの償いを国の代表として行うことをお約束いたします」

バルニエ侯爵は立ち上がり、後ずさるが逃げることなどできない。騎士たちがその両腕をがっしりと掴《つか》んで引きずるようにして部屋から連れ出した。

静まり返った室内で、イブライムが深々とシモンとシャーロットに頭を下げた。

「まことに申し訳なかった。この責任は私が負う」

「殿下。その謝罪、謹《つつし》んで受け入れます。私はもう十分です。それよりも……」

そこまで言ってシモンがシャーロットを見る。

「それよりも今は、シャーロットのことを話し合わなければならないと存じます」

シモンの言葉を聞いて、エリオット国王がシャーロットに声をかけた。

「シャーロット、あの指輪をイブライム殿下に見せるように」

「はい、陛下。イブライム殿下、中に名前が刻んでございます」

イブライム王子はシャーロットが首から外した小袋《こぶくろ》から指輪を取り出して渡すと、指輪をジッと眺め、中の文字も確認した。

「間違いない。赤子と共に盗《ぬす》まれたとされるソフィア様の指輪のことは聞き及んでいる。この指輪をこうして本人が持っているなら、指輪は盗まれたのではなく、赤子も私欲で拐《かどわ》かされたわけではない、という何よりの証明だね」

イブライムは指輪を返し、悲しげな顔で続ける。

「私は父に関する噂話《うわさばなし》を信じなかった。私の知っている父はそんな人間ではないと思っていた。だが、シャーロットの人生を変えたのは父なのだね」

「殿下、私の実母は私が危険に遭《あ》うと判断したのでしょうが、私が王城にいたらどうなっていたのか、真実は誰《だれ》にもわからないことでございます。何よりも私は幸せに育ちました。自分の人生に不満はありません」

しかしイブライム王子は首を振った。

「真実を知っている人間が一人だけいる。父、ジョスラン国王だよ。私はなぜ父があんなに酒と食べ物に執着《しゅうちゃく》するのか、ずっと不思議だった。だが今わかったよ。父はきっと、いつ王座を奪《うば》われるのかと休まらない心をなだめるために、大量の酒を飲み、満腹してもなお食べ続けていたのだろう」

イブライム王子は小さめの声で語り続ける。

「シャーロット、君がバンタースに行きたくないと言うのなら、無理強《むりじ》いはしないよ。せめてものお詫《わ》びに私が君にしてやれることはないのかい？」

「ございます。私のことを忘れてくださり、もう思い出さないでくださることです。私はそれで十分でございます。豊かな生活も訪《おとず》れたことのない国の王族の地位も、欲《ほ》しいとは思っておりません」

「そうか……。わかった。では残念だが君のことは忘れることにしよう。君に平穏《へいおん》と幸せがこの先も続くことを約束するよ。それでもこれだけはさせてほしい。万が一、何かで必要になるかもしれないから、これを」

そう言ってイブライム王子は黒いオニキスが飾《かざ》られた指輪を自分の指から外し、懐《ふところ》から羊皮紙を取り出すと、そこに何かをサラサラと書いてシャーロットに手渡《てわた》した。受け取ったシャーロットがそれを読む。

『シャーロットは我が従妹《いとこ》であり、前国王夫妻の第一子であることを証言する。バンタース王国王太子イブライム』

「陛下、バンタースの人間が大変にご迷惑をおかけしました。父は現在、体調が良くありません。私が国に戻り次第《しだい》父に代わり、バンタース王国を治めることになりましょう。私が王になった暁《あかつき》には、今回のようなことは決して起こさせないとお約束いたします」

そう述べてイブライムは深く頭を下げた。

イブライム王子たちが帰国した翌日、シモンは白鷹《はくたか》隊を退役《たいえき》し、翌日の朝の稽古《けいこ》を終えてから、城を去ることをシャーロットに告げた。

「明日、俺《おれ》は領地に戻るんだ。フォーレ侯爵家の当主として、家の経済の立て直しに専念しなくてはならないんだよ」

「えっ。もうお会いできないのですか？」

「我が家《や》の領地は王都から近い。会おうと思えば会える距離だ。俺は君に会いたいが、迎えに来たら君は会ってくれるか？」

「はい。もちろんです」

シモンは包帯を巻かれた顔で嬉《うれ》しそうに笑った。

「よかった。『私に用事でもあるんですか？』と、真面目な顔で聞かれるんじゃないかとハラハラしていたよ。では俺が君の休みの日に合わせる。俺もその日だけは休みにしよう。俺が城まで迎えに来る。開門の時間じゃ早すぎるか？」

「いいえ。でもそれだとシモンさん、いえ、シモン様はいったい何時に領地を出ることになるんですか？」

「様付けはやめてくれ。君は俺が出て来る時刻なんて気にしなくていい。俺が会いたいんだ、喜んで早起きするさ」

昨日からシモンの言葉が積極的でシャーロットは戸惑《とまど》う。毎日続けていた鍛錬にシモンが来なくなり、顔も見られなくなるのは寂《さび》しかった。

「わかりました。では次のお休みの日、開門の時刻にお待ちしています」

「よし、その日を楽しみに仕事を頑張《がんば》るよ。手紙も書く。じゃ、その時までしばしお別れだ」

シャーロットの休みの日を確認し、シモンは微笑んで去って行った。

その後ろ姿を見送り、朝の庭を城へと戻る。

シモンは他の人のように自分の容姿をほめたりしなかった。自分の剣の腕に興味を持ってくれて腕前をほめてくれるのが嬉しかった。

食事の時も当たり障《さわ》りのない会話だったし、他の男性のように「俺をどう思う？」とか「これからは君のことをシャーリーと呼んでもいいかい？」などと気味の悪いことも言わなかった。だから二人でいても居心地《いごこち》が良かった。

(だけど、もしかしてシモンさんは私に好意を持ってくださっているのでは)

そうかもしれないと思う端から(まさか)と思う。相手は侯爵家当主で自分は平民として生きることを決めた猟師の娘。

「ないない。ありえない」

「なにがありえないんだ?」

「えっ」

振《ふ》り返るとそこにノエルが立っていた。シャーロットは予想外の人物の登場に驚《おどろ》いて目をパチパチしてしまう。

「ノエル殿下。お国にお帰りになったのではないのですか?」

「帰るつもりだったが、立て続けに城仕えの貴族から真珠《しんじゅ》の注文を受けてな。貴族の家を回って注文を受けていたら帰りそびれたんだ。今、暇《ひま》か?」

「いいえ、もう部屋に戻るところでございます」

「お前は相変わらず素っ気ないんだな。まあ、いい。なあ、俺と広い世界を見てみないか? 妻でなくてもいい。俺と一緒に船に乗り、各国を回って真珠を売る生活も面白《おもしろ》いぞ?」

(はい?)と眉を寄せて、大柄《おおがら》な男の派手な顔を見る。妻でもないのに一緒に旅をする意味がわからない。そもそも真珠を売り歩く生活より城仕えがいい。

「いえ。結構でございます。私にはお城で仕事がございますので」

「ふぅ。答えは変わらないか。なあ、シャーロット。俺のじいさんは本物の海賊《かいぞく》だったんだ。ばあさんは、他国の貴族の娘だった。船旅をしていたばあさんをじいさんが見初《みそ》めて力ずくでさらって妻にしたそうだ。そんな乱暴な出会いでも、俺が知っている二人は仲が良かったぞ?」

拉致《らち》された女性の話をされて、シャーロットはジリッと後ろに下がったが、すぐ後ろに壁《かべ》がある。下がれないことに焦《あせ》って、ノエルをキッと見返した。

「ふむ。睨《にら》みつける顔も美しいな」

「そこまでにしてくださいませ、ノエル殿下《でんか》」

ノエルの背後から庭師長のポールが声をかけた。

「ポールさんっ!」

シャーロットはノエルを大きく避《さ》け、半円を描《えが》くようにしてポールの近くに駆け寄った。

「へえ。シャーロット、お前は年寄りにも人気か」

何も答えないシャーロットをかばって、ポールも引かない。

「彼女《かのじょ》をさらうつもりですか。大変な問題になりますよ」

「そうかな。侍女ひとりのためにもめ事を起こすような国があるとも思えないが」

「ノエル殿下。シャーロットは王妃《おうひ》殿下のお気に入りです。無理やり連れて行くとおっしゃるならば、王家が黙《だま》っていません」

「庭師がずいぶん偉《えら》そうな口を利《き》くんだな」

するとそこに可愛《かわい》らしい声が降ってきた。

「いや、母上だけではない。シャーロットは僕《ぼく》のお気に入りでもある！　諦《あきら》めていただきます」

ずいぶん上の方から声がして、大人三人が上を見上げると、二階のバルコニーからオレリアン王子が顔を出していた。その手に遠眼鏡があるところを見ると、野鳥の観察をしていてシャーロットとノエルのやり取りに気づいたらしい。

子どもといえどこの国の王太子が割って入ったので、ノエルはさすがに口を閉じた。

「シャーロットは手放しませんから！」

「ませんから！」

早朝だというのに、なぜかオレリアン王子の隣にアデル王女の顔の上半分が手すりの向こうから現れた。

「くっくっく。人気者だな。仕方ない。ここは引き下がろう。だが来年も俺は真珠を売りに来る。また来年も会おう、シャーロット」

ヒラヒラと片手を振って去って行く後ろ姿を見ながら（お断りです！）と言い返したいのはグッと堪《こら》え、シャーロットはノエルの背中を睨みつけるだけにした。

こんな時間に庭にいたということはノエル王子は城に泊《とま》ったのだろう。いつまでいるのか心配になる。

去って行く後ろ姿を見ながら、いきなり連れ去られたりしなかったことにホッとした。

「ポールさん、ありがとうございました」

「なんのこれしき。年寄りの早起きもたまには役に立つもんだ」

「そういえばレオさんを最近見かけませんが」

「真面目に働いているぞ。以前はよく部屋を抜《ぬ》けだしたりしていたようだが、最近はやっと腰《こし》を据《す》えて働く気になったようだ」

「そうですか。ちゃんとお城にいて働いているのなら安心しました」

シャーロットはポールに礼を述べて部屋に帰り、着替えてからオレリアンたちの部屋へと向かった。

「危ないところだったね、シャーロット。あの海賊王子は鍛錬の時からシモンが立ち去るまで、だいぶ離《はな》れた場所で腕組《うでぐ》みしたまま待っていたんだよ。これは怪《あや》しいと思ってずっと見張っていたんだ」

「オレリアン殿下、もしかして私とシモン様の会話も聞いていらっしゃいましたか？」

「残念ながら君たちの会話は聞こえなかった。今度読唇術《どくしんじゅつ》を学ぼうかと思ったよ。海賊の声は大きいからよく聞こえたな」

「殿下、読唇術はおやめくださいませ」

「冗談だって。読唇術を学んでも、シャーロットとシモンの会話は読まないよ。ねえ、それより、父上が立太子式をちゃんと務めたごほうびに、また森に行ってもいいとお許しくださったんだ。またシャーロットの家に行ってもいい？」

シャーロットはにっこり笑ってうなずいた。

「もちろんでございます」

「アデルも行く！」

「ええ？　いやだよ。お前が来たらピチットが来ないかもしれないじゃないか」

するとと会話にオリヴィエ王女も参加した。

「お兄さま、残念でした。私とアデルも行っていいとお母様がお許しくださっています」

「オリヴィエもか！　うわぁ。僕の楽しみが台無しだよ」

三人のやり取りを微笑《ほほえ》ましく聞いていたシャーロットはアデル王女を抱き上げて宣言した。

「みんなで森へ参りましょう。小鳥の雛《ひな》がたくさん孵《かえ》っているころですよ！」


王子と王女たちが森へ出かける日が来た。

「シャーロット、あそこを見て。小鳥がいる」

「殿下、あれはミソサザイですよ」

「あれがミソサザイか。図鑑《ずかん》で見るよりずっと可愛いな！」

「お兄さま、どこですか？　教えてください」

「どこって。遠眼鏡で見ている場所を口で説明するのは難しいんだよ」

オレリアン王子とオリヴィエ王女が会話する後ろでアデル王女が小鳥の笛をスピピー！と強く鳴らした。ミソサザイがその甲高《かんだか》い音に驚いて、巣から飛び立ってしまった。

「ああっ！　もう。だからお前たちを連れて来るのは嫌《いや》だったんだ！」

「お兄さまのケチ」

「ケチ！」

口喧嘩《くちげんか》をしている三人の王子王女を見てシャーロットが微笑む。小鳥の笛は王妃殿下が独《ひと》り占《じ》めしていたオレリアン王子をこってり叱《しか》り、ひとつずつ配り直された。

ピチットもやって来てオレリアン王子やオリヴィエ王女の手に乗ってくれたものの、アデル王女にだけは頭に乗る。小鳥も幼い子どもには対応を変えるのかとシャーロットとオレリアンは驚いた。

「チチチッ！　チチチッ！」

ピチットは今回すぐに森に戻ってしまった。

「きっとお嫁《よめ》さんを探すのに忙《いそが》しいか、もしくは雛が孵って大忙《おおいそが》しなのかもしれませんね」

「ピチットの巣も見てみたいなあ」

「さあ、どうでしょう。私もなぜかピチットの巣に案内されたことがないのです」

春の終わりの森は生命力にあふれている。芽吹《めぶ》いた木々は強まった陽《ひ》ざしを受けて爽《さわ》やかな空気を作り出している。あちこちに小鳥が巣を作り、雛を育てている。

今回森に来るにあたって、三人はそれぞれ一本ずつ遠眼鏡を与《あた》えられていて、目の良いシャーロットが小鳥の巣を見つけては、殿下たちに場所を教えている。アデル王女は逆側から覗いたりするので危なっかしく、シャーロットはずっと付き添《そ》って目を傷《いた》めないよう注意を払っていた。

「この大きなブナの木の幹に耳をくっつけてみてください。この木が水を吸い上げている音が聞こえますよ」

「ほんとに？　あっ！　ザーッて音がする！」

「本当ね！　すごい！　生きているって感じがするわ！」

大人になった今は、大木の幹から聞こえる音は枝や葉がこすれる音ではないかと気づいている。でもシャーロットは子どもの頃《ころ》に父がしてくれたこの話が大好きだった。幼い頃、ざらつく幹に耳をつけてその音を聞いていると、木の呼吸音を聞いているようで飽《あ》きずに聞いていられたものだ。

時々遠くの木々の間を、仔鹿《こじか》を連れた母鹿が通る。

子育て中の母鹿は神経質になっていて、こちらに気がつくと素早《すばや》く逃げてしまう。それでも鹿を見た子どもたちははしゃいで、（お連れしてよかった）と思う。

シャーロットは森を案内しながらも、前回は一緒に歩いていたシモンがいないことがほんのり寂しい。

王子王女に森の中を案内し、前回同様に父が用意したイノシシの炙《あぶ》り焼きでもてなし、みんなで食べた。オレリアンたちが特に喜んだのはサラサラした蜂蜜《はちみつ》だった。

「美味《おい》しい！　城で出される蜂蜜ほど甘《あま》くない。蜂蜜は喉《のど》が痛くなるほど甘いだろう？　この前も思ったけど、ここの蜂蜜は美味しいな！」

「蜜蜂は花の蜜を一度巣に溜《た》めてから、蜂が羽で扇《あお》いで水分を飛ばして濃《こ》くするのです。

これは濃くなる前の薄《うす》い蜂蜜です。私も大好きですが、採取するタイミングが難しいんですよ」

シャーロットの説明を聞いて三人の子どもたちは「城に持って帰りたい」とねだった。「もちろんお土産《みやげ》にします。ご安心ください」と言われて大喜びだ。聞いていた護衛の何人かは甘党《あまとう》なのか、羨《うらや》ましそうな顔をしている。

シャーロットは笑顔《えがお》を絶やさず「森の生活の案内」をした。

木の幹を走り回るリス、素早く逃げるウサギ、遠くをぞろぞろ歩くイノシシの親子。子どもたちは森の見学をたっぷり楽しんだ。

帰りの馬車では森ではしゃいで疲《つか》れた王子たちは全員熟睡《じゅくすい》してしまった。その三人の王子王女を護衛の兵士たちが抱き上げて部屋へと運び、シャーロットは刺繍《ししゅう》をすることにした。

今はオリヴィエ王女のリクエストで、森に咲《さ》く花を刺繍している。

スズランやブルーベル、ミモザやスイセンなど、森でも花壇《かだん》に負けないくらいきれいな花が咲く。

オリヴィエ王女の白いワンピースにせっせとそれらの花を刺繍していると、心は勝手な方向へと飛び立ってしまう。

（シモン様は今頃《いまごろ》どんなお仕事をなさっているのだろうか、お顔の傷の治りは順調だろうか）

ふと気づくとシモンのことを考えている自分がいて慌《あわ》てる。

両親とだけ会話する十六年間、誰かをこんな風に思うことはなかった。これが誰かを好きになるということだろうかと思う。今までなんとも思ってなかったシモンのことが、あの襲撃《しゅうげき》の日以来、気になって何度も思い出してしまう。

（でも、好きになったところで身分の差が消えるわけじゃないのに）

そんなもやもやする気持ちを忘れたくて、シャーロットは衣装部のスザンヌを食事に誘《さそ》うことにした。

シャーロットがスザンヌに声をかけ、二人はスザンヌお勧《すす》めの食堂で夕食を食べながらヒソヒソと会話をしていた。

「それで？　それで？」

「それで、何度も同じ人のことを思い出したりするのって、好きになったってことだと思いますか？」

「もちろんよ！　ああよかった。シャーロットもやっとそんな気持ちが生まれたのね！」

「えっ？　どういうことですか？」

「だってあなたったら」

そこまで言ってスザンヌがクスクス笑う。

「あなたったら、そんなにきれいでいろんな男の人に言い寄られているのに、全部バッサリいってたでしょう」

「でもみんないきなり怒《おこ》り出すから謎《なぞ》でした」

「それ、噂で聞いたことがあるわよ。最初の頃、あなたは人の話を聞くときに優《やさ》し気《げ》な微笑みを浮《う》かべながら、熱心にうなずいて聞いていたんですって？　そんなことをされたら、たいていの男の人は勘違《かんちが》いするものよ。なのにいざ告白したら『そんなつもりはありません』て言われるんだもの、そりゃびっくりするわよ。怒るのはどうかと思うけど」

「あれは！」

そこで思わず自分も笑ってしまう。

あれは母がそうしろと教えてくれたからやっていたのだが、今思うと母が教えてくれたのは、貴族が夜会などでやるべき仕草だったのだ。

母は田舎《いなか》貴族の侍女だったと言っていた。本当は王妃付きの侍女だったが、そこで学んだことを良かれと思って自分に教えたのだろう。

だが今にして思うと貴族の生活しか知らない母の教育は平民の娘にとっては的外れなことも結構あったのだ。

「ふふふ。そうですよね。お城で働くようになってだいぶたってから、私がやってたことは少し変だったなってわかるようになりました」

「で？　こんな美人さんの心に居座《いすわ》っている幸せ者はどなた？」

「それは……言えません」

「あら、残念」

二人でクスクス笑っていると、店のドアが開いて見覚えのある男たちが入って来た。

「あっ」

シャーロットが思わず声を出すと、その男たちが全員こちらを見た。庭師の集団である。

そのうちの一人はレオだった。レオはシャーロットに気づくと軽く目礼をした。

レオとはあの襲撃の日以来顔を合わせることがなく、お礼も言えないままだった。誰が読むかわからないから「襲撃のことを教えてくれてありがとう」などと手紙に書くわけにもいかず、伝言を誰かに頼《たの》むわけにもいかずに困っていた。

今、お礼を遠回しに言うべきだろうかと迷っていると、レオはシャーロットの気持ちを察したのか小さく首を振った。（余計なことをするな）という意味だと判断して、シャーロットは庭師たち皆に軽く会釈《えしゃく》するだけにとどめた。

使用人の門限が近づいて、シャーロットとスザンヌは店を出た。家に帰るスザンヌと別れ、ひとりで城の門を通って城内に入ったシャーロットに、レオが走って近づいた。

「あら？　お酒を飲んでいたのでは？」

「そうだが、ちょっと聞きたいことがあって」

「はい、なんでしょう」

「シモン様は俺のことを何かおっしゃっていたか？」

「いいえ、何も」

「襲撃があった日、バンタースの王子たちが城に戻って来ただろう？　何かあったんじゃないのか？」

「レオさんはなぜそれを気にするの？　そもそも私が襲《おそ》われることをなぜ知っていたの？」

「たまたまやつらが話しているのを小耳に挟《はさ》んだんだよ」

「そうなんですか……」

（それは少し変ではないか、そんな話を庭師に聞かれるような場所でするだろうか）と思うし、レオにどこまで話していいかわからず考《かんが》え込《こ》む。だが、レオは命の恩人だ。あの日レオが襲撃のことを知らせてくれなかったら、木剣《ぼっけん》を用意することもなく危ない目に遭っていただろう。

シャーロットは言える範囲《はんい》で伝えることにした。

「バンタースの国王陛下の体調が悪いと聞きました。近くイブライム王子が国王になる、と」

「……そうか」

「あの、レオさんはバンタース王国と繋《つな》がりが？」

「ないさ。俺はこの国の生まれ育ちだよ。隣国《りんごく》の王のことは歌劇を観《み》てから興味を持っただけだ」

「そうでしたか」

いや、絶対に何かの繋がりはありそうだ、とは思ったが、本人が違《ちが》うというのに詮索《せんさく》するのは恩知らずだと判断して口を閉じた。

「引き止めて悪かった。じゃ、おやすみ」

「はい、おやすみなさい」

シャーロットと別れたレオは、自分の部屋に戻《もど》りながら深く深く息を吐《は》いた。

（そうか。国王が代わるのか。俺はおそらく解放されるんだな。ジョスラン国王が退位するのなら、もうシャーロットのことは探さないだろう。反王家の連中だって、イブライム王子を退けてまで、他国で平民として育ったシャーロットを担《かつ》ぎ上げないはずだ。賛同者がいないだろう）

走ったせいで酔《よ》いが回って来た。

クラリとなりながら自分の部屋に入った。ドサッとベッドに腰を下ろし、背中を丸めて目を閉じた。

「そうか。自由になれるんだな」

後で問い詰《つ》めてくるだろうと思っていたシモンは、その後何度か顔を合わせたにもかかわらず、チラリと自分を見てうなずくだけだった。

（どういうことだ？　なぜ俺に質問しないんだ？）

襲撃事件のあと、シモンは国王に呼び出されて事の次第を詳《くわ》しく説明した。レオのことも正直に伝えた。国王はレオのことを調べさせたが、レオについての情報は何も出てこなかった。

レオが城に提出した身上書には、天涯孤独《てんがいこどく》の身であり働きながらあちこちを移動していた、と書いてあった。それを否定する材料も肯定《こうてい》する材料も出てこなかった。

「レオのことは保留とする。ポールに預けてしばらく様子を見よう」

エリオット国王の判断により、レオは毎日庭師長のポールに鍛《きた》えられる日々を過ごしていた。


このところのシャーロットの心の真ん中にはシモンがいる。

襲撃された日、シモンは顔からたくさんの血を流しているにもかかわらず、取り乱している自分を『大丈夫《だいじょうぶ》、大丈夫』となだめてくれた。

シモンはあの時はまだ自分をただの侍女《じじょ》だと思っていた。どんな気持ちで守ってくれたのだろうか、と思う。

（もしや私のことを？）

そう思うのは思い上がりだろうかとシャーロットは自問自答を繰《く》り返す。

ぐるぐると同じことを考えながらお昼に庭を歩き回っていたら、地面に水色の小さな殻《から》が落ちていた。

「あら、懐かしい。ムクドリの卵の殻だわ」

指先で摘《つ》まんで手のひらに乗せる。ムクドリは雛が孵ると、親鳥が殻を少し離れた場所まで咥《くわ》えて運んでから捨てる。巣を清潔に保つためと、殻を見て外敵が寄って来るのを避けるためだ、と父が昔教えてくれた。

シャーロットは野鳥の卵の殻が好きだった。

ムクドリの卵は優しいパステル調の水色。スズメの卵はそばかすのような斑点《はんてん》が浮いている白、ヒヨドリの卵の赤っぽいマーブル模様。どの卵の殻も、子どもの頃は宝物だった。命を包み守ってこの世に姿を現すところがなんとも神秘的に思える。

ニコニコしながら卵の殻を拾い上げ、大切にハンカチに包んで王族の部屋まで戻った。

「オレリアン殿下《でんか》、ムクドリの卵の殻を拾いました」

ひとつしかないので小さな声で伝えると、オレリアンはパアッと顔を輝《かがや》かせた。二人の王女が近くにいないことを確認《かくにん》してからオレリアンの手のひらにそっと殻を置いた。

「わぁ、美しい色だね」

「はい。優しい色です」

「これ、貰《もら》ってもいいのかい？」

「はい。そのつもりで持ち帰りました」

「ありがとうシャーロット！　大切にするよ！」

「どういたしまして、殿下」

オレリアンが自分と同じことに興味があることが嬉しくて、シャーロットは笑顔になる。

夕方、部屋に帰るとシャーロットのベッドに手紙が置いてあった。差出人の名前は書いていない。だがシャーロットはシモンからだと直感した。急いで開封《かいふう》し、中の手紙を読んだ。やはり差出人はシモンだった。

手紙には当主としての仕事は果てしなくあるが、やりがいもあること、なすべきことを全て軌道《きどう》に乗せたら王都の屋敷《やしき》に戻るつもりでいる、と書いてあった。

最後の一行は『城にいる間に君ともっと話をすればよかったと後悔《こうかい》している』だった。

（私のことをシモンさんが思い出してくれている）と思うことは、じんわりと心を温かくしてくれた。両親や職場の人たちから優しくされる時とは、心の違う場所が浮き立つ気がした。

シャーロットはすぐに返事を書いた。

父以外の人から手紙をこうして配達で受け取ったのが生まれて初めてで嬉しかったこと、今日ムクドリの卵を拾ったこと、雛を守るために巣から離れた場所に殻を捨てる親心に胸打たれることなどを書いた。

シャーロットも手紙の最後に『私ももっとお話をすればよかったと思っています』と記した。

手紙と一緒《いっしょ》に刺繍入りのハンカチを送ろうと思いついた。未使用の白いハンカチを買ってこなくては、と急いで王都の街に出かけた。

混雑する宵《よい》の口《くち》の商店街を歩いていると、たくさんの二人連れが歩いている。今の今まで二人連れを意識して見たことがなかったけれど、気づけばそこかしこに男女の二人連れがいる。

（そうか、みんな大切な相手がいるのね）

シャーロットは、胸に生まれたばかりの柔《やわ》らかい思いが成就《じょうじゅ》することがあるのか、と先行きの難しさを思う。

（私が隣国の王族であるという証明書があったって、それは使えない。だって王族として何かの役に立つわけじゃないもの）と落ち込みそうになったが、グジグジするのは嫌《きら》いな性分《しょうぶん》だ。落ち込む手前でグッと踏《ふ》ん張った。

「いいわ、刺繍ごときでそんなことまで悩《なや》む必要はないわよね。刺繍は刺繍よ。それだけ」

シャーロットは気持ちをスッパリと切り替《か》えてハンカチを買い求め、同室の仲間にお菓《か》子《し》でもお土産に買って帰ろうと庶民《しょみん》相手のお菓子屋さんを覗《のぞ》いた。するとお菓子屋さんの店内に見慣れた人が。

「スザンヌさん」

「あら！　シャーロット。お買い物？」

「はい。ハンカチを」

するとスザンヌの瞳《ひとみ》がキラリと光った。

「ちょっと、こっちにいらっしゃいよ」

そう言ってグイグイとシャーロットの腕《うで》を引っ張って、店内でお菓子《かし》とお茶を楽しめる席へと向かった。そして席に着くなり「お茶二つと焼き菓子二つお願いします！」と注文を済ませてしまい、それから声をひそめて話しかけてきた。

「ハンカチに刺繍するのよね？　お相手は男性よね？」

「はい、まあ、そんなところです」

「平民でしょう？」

「……」

「柄《がら》はどうするの？」

「特には考えていませんが」

「どんな人なの？　私が一緒に柄を考えてあげる」

そこまで聞かれて言葉が詰まった。シモンのことはとても他人に言えないと気がついた。

侯爵《こうしやく》家当主のシモン様です、と言ったら呆《あき》れられる。自分が聞かされる側だったら（いくらなんでも不釣《ふつ》り合《あ》いすぎて無理でしょ）と思う。

首を少しだけかしげて考える。そこでハンカチを贈《おく》っても問題ない人を思いついた。

「えっと、まず最初はお友達のレオさんに、ですかね」

スザンヌが怪訝《けげん》そうな顔になった。

「誰《だれ》それ」

「庭師さんです。この前お世話になったので。お友達ですよ、お友達」

「ふうん、友達なら頭文字《かしらもじ》でいいんじゃない？」

友達と聞いた途端《とたん》に顔から表情が消えたスザンヌが可笑《おか》しくて笑ってしまう。

「なによ。なんで笑うのよ」

「スザンヌさんて、恋愛話《れんあい》が好きですよね」

「好きっていうか、ご馳走《ちそう》ね。わくわくする」

「スザンヌさんは好きな人がいるんですか？」

「それがいないのよ。職場は女性ばかりだし、衣装部《いしよう》って男性と関わるって言ったら陛下とオレリアン殿下だけじゃない？　ときめきようがないわよ」

「うふふ。そんなことを言うと不敬だって叱られますよ」

そんな会話をしていると、窓の外をとある集団が通りかかった。庭師の男たちだ。

「あっ、さっき言った友達がいました！　ここに呼んでもいいですか？」

「いいけど」

「すぐ戻ります。待っていてください」

シャーロットは急いで店を出て走って追いかけ、声をかけた。振り向いたレオは仲間に断りを入れてシャーロットに近づいてくる。

「レオさん。よかった。今、忙しいですか？　私、先輩《せんぱい》とお茶を飲んでるんですけど、一緒にいかがですか？　私がご馳走しますから！　お世話になったお礼にしてはちょっとささやか過ぎますけど、何でも好きなものをご馳走します！」

「その先輩とやらは俺が行っても嫌がらないのか？」

「大丈夫です」


そして今である。

レオを連れて席に戻り、シャーロットとレオが並んで座《すわ》り、向かいにスザンヌ。レオは「遠慮《えんりょ》なくご馳走になるかな」と言いながらも、シャーロットたちと同じ焼き菓子とお茶を注文した。

「もっとバンバン頼んでくださいよ、レオさん」

「そんなに甘い物を食っちまったら夕飯が食えなくなるだろうが」

「あっ、そっか。じゃあ、夕食をご馳走します！」

「いいって。これで十分だ」

二人でやり取りしている向かい側で、スザンヌがずっと黙ってティーカップを見つめている。これでは気まずくなってしまうとシャーロットは焦った。

「レオさん、今ね、刺繍の話をしていたの。レオさんに刺繍のハンカチを贈ろうかと思っているんだけど、どんな柄が好き？」

「え？　なんであんたが俺にハンカチをくれるんだよ」

「ええと、困った時に助けてもらったから？」

「違う違う、あんたにはパンも貰ったし、あっちの家を勝手に借りた恩があるんだ、お礼のお礼なんておかしいだろ」

「ふうん、そうですか？　じゃあ、やめときます」

その場はそれで終わったのだが。

レオがひと足先に帰ったあと、スザンヌの猛烈《もうれつ》な質問攻《ぜ》めが始まった。

あの人に恋人《こいびと》はいるのか、それとも結婚《けっこん》してるのか、どこに住んでいるのか、シャーロットは何を助けてもらったのか、どんなパンを渡《わた》したのか、家を借りたとはどういう意味か、などなど怒涛《どとう》の勢いとはこのことかと驚きながら、差し障りのないことだけを丁寧《ていねい》に答えた。

「私、あんなすてきな人、初めて見た。あ、違うわ、シモン様もすてきだけれど、あちらはこう、眺《なが》めて楽しむべき方じゃない？　でもレオさんは生きてる人間っていうか、血が通ってるというか」

（失礼な。シモンさんだって血が通ってる人間ですよ！）と抗議《こうぎ》したいのは堪えた。いやそれよりも！　とシャーロットが意気込《いきご》む。

「ねえ、スザンヌさん、もしかしてレオさんに興味があるの？」

「あるっていうか、お城にあんな魅力的《みりょくてき》な人が働いていたなんて知らなかったから驚いちゃった。落ち着いた感じでお顔も整っているし。気さくな感じだし」

「何歳《なんさい》か聞いたことないけど、スザンヌさんよりだいぶ年上じゃない？」

「ええ？　そんなに違わないと思うけど。何歳でもいい。年齢《ねんれい》なんて超越《ちょうえつ》した魅力があるわよ！」

「そうかなあ」

そこからのスザンヌは、なんだかふわふわした会話ばかりしていて、シャーロットはそんなスザンヌを微笑ましく眺めた。

◇　◇　◇

最近のオレリアン王子は絵を描《か》くことに夢中だ。

シャーロットが贈ったムクドリの卵の殻がきっかけらしい。

油《ゆ》彩《さい》絵の具や水彩《すいさい》絵の具をたくさん揃《そろ》えて、せっせと卵の殻や遠眼鏡で見た野鳥を描いたり蜜蜂などの昆虫《こんちゅう》を描いたりしている。

（王族ってみんなこんなに才能豊かなの？）とシャーロットが驚いたのは、どれもが精密画で今にも動きそうな絵ばかりだからだ。

「シャーロット、蜜蜂《みつばち》の刺繍が欲《ほ》しいんだ」

「大きさはいかがいたしましょう。実物大だと刺繍なのか糸くずの塊《かたまり》なのかわかりにくいかと」

「そうだなあ、では五倍くらいの大きさで」

「かしこまりました」

二人の王女たちは蜜蜂の刺繍は欲しがらなかった。

「虫はいらない」

「アデルもいらなーい」

なのでせっせと蜜蜂やカマキリ、蟻《あり》、アゲハチョウ、モンシロチョウ、テントウムシ、などをオレリアン王子のためにだけ刺繍《ししゅう》した。シャーロットは森の虫たちを見るのも好きだったから、再現するのもお手の物だ。どれも生きているかのように刺繍し、中に少しの羊毛を入れてふっくらさせ、体の表と裏をそれぞれ別に刺繍して縫《ぬ》い合わせた。

アゲハチョウだけは王女たちも仕上がった物を見て欲しがり、髪《かみ》に飾《かざ》ったりブローチにしたりしている。オリヴィエ王女は小さな宝石を目玉に使うことを思いつき、極小のサファイヤの目やルビーの目を持ったアゲハチョウを刺繍してもらって喜んでいる。

平和な日々が続く中、シャーロットが再び王妃《おうひ》に呼び出された。

「シャーロット、吉報《きっぽう》よ。バンタースのジョスラン国王が退位して、イブライム王子が国王になったと連絡《れんらく》がきたわ。これであなたも安心ね」

「はい！　安心いたしました。教えてくださってありがとうございます」

「もう逃《に》げ隠《かく》れしなくていいわね。それで、シャーロット、本当ならあなたの希望を聞いて、衣装部に戻りたければ戻してあげたいところなんだけど、子どもたちに相談したら絶対に嫌だというの。このまま子どもたちの護衛兼《けん》刺繍係でいてくれるかしら？」

「はい。喜んで務めさせていただきます」

最近のシャーロットは生活が充実《じゅうじつ》している。

昆虫の刺繍をし、王女様たちのドレスに小花の刺繍をし、弓矢の練習を一緒にし、部屋に帰ると手紙が届くのを楽しみに待つ。

今まで待つことはつらいことだと思っていたが、手紙を待つのは楽しかった。

シモンからの手紙が再び届いた。

二通目の手紙の最後には『会いに行く日が楽しみだ』と書いてあった。シャーロットは何度もその部分を読み返しては幸せな気持ちを味わっている。

いよいよ明日は休み、という日の夜。久しぶりにシモンに会える、自分を迎《むか》えにシモンがここまで来てくれる、と思うと、シャーロットの心が浮き立った。

しかし、そこで大変なことを思い出した。

「ああっ！　忘れてた！」

「なによシャーロット！　驚《おどろ》くじゃないの！」

「どうしようイリヤ。明日お休みなのに着て行く服がないの！　この前破ってしまったこと、忘れていたわ！　あとは普段着《ふだんぎ》の着古したヨレヨレしかない！」

「あの一枚しかないお出かけ用を破ったの？」

「そう！　どうしよう！」

同室のイリヤが慌てず騒《さわ》がずひと言「買いに行きなさい」と言う。

「そうね、それしかないものね。行ってくる！」

飛び出していくシャーロットを見送って、同室の三人が微笑む。

「やっとおしゃれする気になったか」

「あんな美人なのに洋服を持ってなさすぎなのよ。よそ行きが一枚って！　ありえないわよ」

「よかった。お相手が誰かは知らないけど、やっとシャーロットの心を動かす人が現れたのね」

三人は姉のような気持ちで微笑む。帰ってこない親を一年も待ち続けていたあの子が、あんなに嬉《うれ》しそうなのだ。同室の仲間たちは自分まで嬉しくなった。


シャーロットは城を出ると、ほぼ駆《か》け足のような速さで洋品店に向かい、根っからの節約精神と戦いながらクリーム色のワンピースを買った。白い襟《えり》が付いているワンピースはウエスト部分にたっぷりとヒダが寄せられていて、背の高いシャーロットが着るとそこだけ店の中がパッと明るくなるようだった。

「お似合いです！　丈詰《たけつ》めも必要ないですし、このまま着て帰れますよ」

「ありがとうございます。明日はこれを着てお出かけするんです」

「でしたらお客様、お靴《くつ》も色味を揃えた方がよろしいかもしれませんよ」

そう言われて足元を見る。履《は》き倒《たお》したクタクタの鹿革《しかがわ》の靴は、自作の品。山歩きにはいいけれど、どうにも無骨で、クリーム色のワンピースには不釣り合いだ。

「あっ。そうですね。そうでした、靴とバッグと服は三つでひと揃いなんですものね」

「はい。さようでございます」

ワンピースを普段着に着替《きか》え、少々しょんぼりとして靴店に向かう。手持ちのお金で足りるだろうか。バッグの分は確実に足りないだろう。シモンが迎えに来るのは明日だと言うのに出直す時間はなさそうだった。

それでも一応靴店に向かい、店内に飾られている靴を眺める。ワンピースに合いそうな靴はお金が足りなかった。

（でも、この靴ではあんまりだ）

そう迷っている時に声をかけられた。

「シャーロット、お買い物なの？」

「あっ！　メリッサさん。靴を買いに来たのですけど、手持ちのお金では足りなそうなので私のお金でも買えるものを選ぼうかと思ってるところです」

「綺麗《きれい》なお嬢《じょう》さんがいるなあと外から眺めていたらあなただったから入ってきちゃった。いいわよ、貸してあげる。お城に戻ってから返してくれればいいわ。門限が気になるんでしょう？」

「はい！　助かります！　戻ったらすぐにお返しします」

メリッサにお金を貸してもらって、無事にクリーム色のワンピースに似合いそうな象牙《ぞうげ》色《いろ》の靴を買った。甲《こう》の部分に紺《こん》と白の縞《しま》模様《もよう》のリボンが付いている靴は、シャーロット史上一番のおしゃれな靴だ。

その夜の夕食は大急ぎで食べて部屋に戻り、メリッサにお金を返しに行った。

同室の皆《みな》にドレスと靴を披露《ひろう》すると、「よし！　きれい！」「似合う！」と合格点を貰った。

その夜はすぐにベッドに横になった。イリヤの「美容は睡眠《すいみん》からよ」と言う言葉に素直《すなお》に従ったのだ。

ベッドに入り目を閉じる。

この日を待つのは楽しかった。両親が帰って来なかった一年間が長く苦しかったのとは全く違っていた。

（いつ終わるのかわからないまま待つだけの時間はつらかった）

沈《しず》みそうな気持ちを振《ふ》り払《はら》い、ひたすら仕事をし、剣《けん》の素振《すぶ》りをして過ごしてきた。

（私、必死だった。立ち止まったらもうダメになると思ってた）

父には待ち合わせをしてる人がいるから帰れない、と早い段階で手紙を送ってある。

休みの日に帰らないのは初めてのことだ。

父よりもシモンを選んだことが申し訳ないけれど、父からは『では俺《おれ》はクレールのところに遊びに行くよ。お墓参りもしてくる』と返事が来ている。

母が亡《な》くなっていたことを知った日からしばらくは父も元気がなかったが、クレールがいてくれたことがどれだけ父の心の支えになったかとありがたく思う。


翌朝。

日の出の時刻が早くなっている中、シャーロットはクリーム色のワンピースに象牙色の靴、そして残念ながら鞄《かばん》はいつもの手作りの肩掛《かたか》け鞄で門に向かった。

門の前に並び、今か今かと開門の時刻を待つ。門番の男たちがおしゃれをしたシャーロットをチラチラ見ていた。

やがて門が開き、外に出ると、すでに門の目の前に一台の馬車が停《と》まっている。

「シャーロット！」

声をかけられた方を見る。

いつもは騎士《きし》服や鍛錬《たんれん》用の服だったシモンが、貴族らしい服装で立っていた。それを見て急に自分のみすぼらしい肩掛け鞄が恥《は》ずかしくなる。今まで一度も自分の身なりを恥ずかしいなんて思ったことがなかったのに。

「お久しぶりです、シモンさん」

「久しぶり。さあ、馬車に乗って」

シモンはシャーロットの鞄など気にもせず、シャーロットに手を添《そ》えてくれた。

乗り込んだ馬車は、祖父が乗ってきた馬車と同じように豪華《ごうか》なものだ。

二人で向かい合わせに座り、まずはずっと心配していた顔の傷に目をやる。やはり傷は残っている。ごく細く赤い傷が美しい顔を斜《なな》めに走っていて、シャーロットは胸が痛んだ。

「顔の傷なら気にしなくていいよ。俺は結構この傷が気に入っているんだ」

「そんな。傷が気に入っているだなんて」

「領地に帰った時、屋敷の使用人たちが顔の刃物《はもの》傷は騎士の勲章《くんしょう》だといってね。皆が褒《ほ》めてくれたさ。ほんとうはかまいたちなんだけど、それは言わないでおいた」

楽しそうに笑うシモンを見て少し救われるが、それでも自分のためにこんな大きな傷を作ってしまったかと思うと（お詫《わ》びのしようがない）と思う。

「俺が気に入っているんだから、シャーロットは絶対に気にする必要がない。正直に言うと、あの日はちょっと君の手前、手早く片付けようとして距離《きょり》を詰《つ》めすぎた。格好悪いな」

「そんなこと。一瞬《いっしゅん》で相手を倒した時のシモンさんは軍神のようでした」

シャーロットは本気でそう思っていたので、思ったことを口にしたのだが、それを言われたシモンは真っ赤になった。

「そうか。当分の間、その言葉を肴《さかな》に酒がたんまり飲める」

「ええ？」

そして同時に二人で笑いだした。ひとしきり二人で笑って、さて、これからどうするのだろうと思ったところでシモンが尋《たず》ねてきた。

「シャーロットはどこか行きたいところはある？」

「いえ、特には」

「君と二人で一緒におしゃべりができるならどこでも楽しいと思うけど、実は俺の叔父《おじ》が美術商を営んでいてね。俺が君と出かけると知って『邪魔《じゃま》はしないからうちに連れておいで』としつこいんだ。既《すで》に邪魔してるだろ、と思うけど、どうする？　気が重ければはっきりそう言っていいんだよ」

今まで全く縁《えん》がなかった美術商という仕事にとても興味があった。

「私は美術商のお店というものを見たことがないので行きたいです。あの、私のことを叔父様にお話ししたのですか？」

「叔父には我《わ》が家《や》にある美術品や骨董品《こっとうひん》、アクセサリー類を全部預けたんだ。売ってもらうためにね。値付けをしたから確認しに店に来いと指定された日が、今日だったんだよ。予定があるときっぱり断ったら、何の用事だとしつこく聞かれた。仕方なく女性と一緒だと言ったらもう、大騒《おおさわ》ぎだよ」

「私がお邪魔してもいいのでしたら」

「よし、なら行こう。でも長居はしないで店を出るよ。俺はシャーロットと二人で話がしたいんだ」

「はい、私もです」

シモンが御者《ぎょしゃ》席と室内の境にある小窓を開けて御者に短く指示を出すと、滑《すべ》るように馬車は走り出した。

「そう言えばシモンさん、この前、私と衣装部のスザンヌさんとレオさんの三人でお茶をしたんです。その時にね、スザンヌさんがレオさんを『あんなすてきな人がお城にいたのね』って。スザンヌさんはレオさんみたいな人がお好みだったみたいですよ。私は二人が仲良くなれたらいいなと願っています」

「ああ、そうなんだ？　スザンヌさんとシャーロットは仲良しなの？」

「はい。とっても面倒見《めんどうみ》がいい、片えくぼが魅力的な人です」

「そうか……」

シモンの歯切れが悪い。

少し会話しているうちにシモンの叔父がやっている美術商の店に到着《とうちゃく》した。まだ朝早い時間なのに店が開いているのは、おそらくシモンが無理を言ったのだろうとシャーロットは申し訳なく思う。

ドアをノックすると、ロウウェルがすぐにドアを開けた。

「やあ、シモン。待ってたよ。そちらが噂《うわさ》のお嬢さんだね？　はじめまして私は叔父のロウウェル……」

そこまで言ってロウウェルは、お辞儀《じぎ》から顔を上げたシャーロットを見て固まった。しかしすぐにまた笑顔《えがお》になって大人の対応をする。

「ロウウェル・カルリエです。さあ、まずは店内にどうぞ」

と店内に招いてくれた。

美術商のロウウェルはシモンの父の弟で、カルリエ伯爵家《はくしゃくけ》の四男だ。

四男だからロウウェルには伯爵家の当主になれる可能性が生まれた時から無いも同然だ

った。どこぞの貴族令嬢《れいじょう》の婿《むこ》になるか、それが嫌《いや》なら自力で経済的自立の道を探《さぐ》るしかなかった。

そんなロウウェルは子どものころから、美しい物が大好きだった。絵や彫刻《ちょうこく》、工芸品などを扱《あつか》う仕事の存在を知った時は（これこそが自分の進むべき道）と思い、迷うことなくその世界に飛び込んだ。

ランシェル王国で大人気を博した歌劇「悲劇の王妃」の舞台装飾《ぶたいそうしょく》を、ロウウェルは若手の時に一時期手掛《てが》けたことがある。その時にバンタース王国の前国王夫妻の絵姿を何度も見ていた。

その悲劇の前王妃にそっくりの美女が今、甥《おい》っ子に連れられて店内を興味深そうに眺めている。

（ここまで似ている人がいるのか）

早鐘《はやがね》を打つ心臓をなだめつつ、最近当主になったばかりの甥っ子を引っ張って店の端《はし》に寄る。

「おい、シモン。あのお嬢さんはどちらのご令嬢だい？」

「シャーロットは城の上級侍女ですよ。どうかしましたか」

「お前……ああ、そうか、お前は歌劇なんて観たことがないか」

「ありません。なんの話です？　叔父上」

「あのお嬢さん、バンタースの悲劇の王妃にかなり似てるんだ」

シモンは思わず舌打ちをしそうになった。

「他人のそら似ですよ」

「それはもちろんそうだろうが。大変な美人じゃないか。上級侍女ってことはどこかの貴族のご令嬢だろ？　社交界で噂になっていないのが不思議だよ」

「彼女《かのじょ》は猟師《りょうし》の娘《むすめ》です。平民ですよ」

「平民？　平民の娘ではお前と結婚できないだろう。何か考えはあるのか？」

「叔父上。話は全然そこまで進んでないんです。ですから叔父上は余計なことは何も言わないでください。絶対にですよ」

「わかったわかった。だが、いざとなったら私に相談しなさい。口うるさい親戚筋《しんせきすじ》は私がなんとかしてやるから」

ロウウェルはやっと女性と付き合う気になったシモンが怖《こわ》い顔をしているのを見て、（こりゃ本気だな）と驚いた。一方のシモンはシャーロットを見る叔父の興奮ぶりが気に食わない。

（美しければ物でも人でもお構いなしか）と呆れる。

この叔父がとにかく美しい物に目がない、ということは重々承知していた。だが、五十に手が届こうというのに十七歳《さい》のシャーロットの美貌《びぼう》にはしゃいでいるのが若干《じゃっかん》腹立たしい。

そして叔父の言葉でフォーレ侯爵家の親戚筋にはなんにでも口を出してくる者が少なくない、という不愉快《ふゆかい》なことも思い出した。

「そうですね。叔父上、その時はよろしくお願いいたします」

「任せなさい。こういう時のためにフォーレ侯爵家の面倒な親戚たちとも付き合いを続けているんだ。お前と違《ちが》ってな」

確かにそうだった。

フォーレ家の親戚たちは才能や努力よりも、母と同じように世間体《せけんてい》や血筋を大切にしている。それを不快に思っているシモンは、あまり付き合っていない。

だがこの叔父は商売に長《た》けていることもあって、シモンの父が婿入《むこい》りしたフォーレ家の面倒《めんどう》な親戚たちとも如才《じよさい》なく交流している。

「フォーレ家の親戚が何か言ってきたら私が助太刀《すけだち》する。その代わりに……」

「ああ、そうでした、叔父上はタダでは動かない方でしたね」

「そう言うな。私が助力する代わりに彼女の絵を描《えが》かせてくれないかな。もちろん腕の立つ画家を選ぶし売り込《こ》み先も厳選する。悲劇の王妃の絵なら間違《まちが》いなく人気が出る。どんな高額でも買い手がつく。本物の王妃の絵は売ることができないが、彼女なら似ているだけの別人だから売れる。売り上げをフォーレ侯爵家の再建に使えばいい」

シモンはシャーロットの絵がどこかの誰かに買われて眺められている場面を想像してみた。

「いや、お断りします。他の対価にしてください」

「けちくさいことを言うなシモン。絵に描いたって彼女が減るわけじゃないだろう。いい取引だぞ？　あのお嬢さんの気持ちを聞いてみてくれ。私は儲《もう》けたいんじゃない。自分の利益は含《ふく》めないよ。私はただ、美しい絵をこの世に送り出したいだけなんだ」

そこでシモンはいっそう声を小さくして叔父に詰《つ》め寄った。

「叔父上、どこの世界に好きな女性の絵を売り出して財政を立て直す男がいるんですか。もう結構です。親戚筋も自分でなんとかします。そもそも話はそこまで進んでいないんです。絵の話はここまでにしてください」

そこまで言ってシモンは叔父から離《はな》れた。そして骨董品や絵画を真剣《しんけん》に眺めているシャーロットに近寄った。

「シャーロット、何か気に入ったものがあるかい？」

「どれもすばらしいですね。森の中の暮らしでは見たこともないものばかりで感動しています」

そう答えるシャーロットの首と耳が赤い。頬《ほお》もほんのり色づいている。

森で狩《か》りをしてきたシャーロットは耳がいい。だからシモンとロウウェルの会話が丸聞こえだった。二人がシャーロットとシモンの結婚を前提として会話しているのを聞いてしまい、慌《あわ》てていた。

（気まずい。私が聞いていたことを知られたら大変に気まずい。どうしよう。話を聞いていたことは気づかれないようにしなくちゃ）

シモンはシャーロットの狼狽《ろうばい》ぶりには気づいていない。

「さあ、もう出よう。どこかでおしゃべりをしよう」

「はい」

じんわりと汗《あせ》が滲《にじ》む。母はこんな時の対処法を何か教えてくれていただろうか。

山ほど叩《たた》き込まれた『淑女《しゅくじょ》のマナー』を頭の中で大急ぎで総ざらいしてみる。だが焦《あせ》っているので何も思い出せない。シャーロットは焦ったまま馬車に乗り込んだ。

馬車は王都の賑《にぎ》やかな通りを進んでいる。

「シモンさん、どこへ行くんですか？」

「俺が好きな景色があるんだ。シャーロットに見せたいなと考えていたんだよ」

そう話すシモンの顔をようやくまじまじと見る余裕《よゆう》ができた。

（このシモンさんが私のことを『好きな女性』って……）

シモンの言葉を思い出した途端に、ブワッと顔が赤くなるのが自分でわかった。

（落ち着いて。深呼吸して。気取られないように）

「あれ？　シャーロット、顔が赤いけど。具合が悪いんじゃないよね？」

「いえ。全く。着慣れない服を着ているので緊張《きんちょう》しているだけです」

「そのクリーム色のワンピース、よく似合うよ」

「ありがとうございます。この靴もこのワンピースに合わせて新調しました。私の過去一番のおしゃれ靴です」

シモンは笑顔でうんうんとうなずいている。

「おしゃれなワンピースも似合うし、森で見た狩り用の服装もよく似合っていた。あの服装が似合う女性はそうそういないよ。普段《ふだん》から鍛《きた》えているから動きもきれいだし」

「ありがとうございます」

そんな会話をしながらも、シャーロットはさっきの「肖像画《しょうぞうが》を描かせてくれたらフォーレ侯爵家の財政立て直しの役に立つ」という言葉が頭から離れない。

自分は肖像画を描かれることは構わない。もうバンタースの影《かげ》に怯《おび》える必要がないのだ。似ていると言われても他人のそら似で押《お》し切ればいいではないか。

(シモンさんの役に立ちたい)

実母や両親やクレールさん、陛下に王妃殿下《おうひでんか》。皆が自分を助けてくれた。シモンは自分のために大きな傷を負った。絵を描かれるぐらいで役に立つならいくらでも描いてもらって構わない。

(だけど、それを私が言ったら、他の話も聞いていたことを知られちゃうか)

窓の外の景色を眺めながら悶々《もんもん》とする。

やがて馬車は丘《おか》の上に到着した。

そこは見渡《みわた》す限りの青い忘れな草の群生地だった。ゆるやかな丘陵《きゅうりょう》すべてが青く染まっている。

「こんな景色が王都の近くにあったんですね」

「忘れな草は雑草みたいな扱いだけど、俺は好きだよ。ムクドリの卵のことを手紙で読んだ時にここを思い出したんだ」

「あっ、たしかにあの卵の殻《から》の色と似ています!」

「花壇《かだん》ではバラみたいな華《はな》やかな花がもてはやされるけど、俺はこの花が好きだな」

それから二人はしばらく波打つ水色の海のような丘を眺めた。

「侯爵家の立て直しは一年や二年では終わらないんだ。三代にわたって散財したツケを払うんだから仕方ないのだけどね。どうやったらあんなにドレスやアクセサリーに注《つ》ぎ込めたのか、理解に苦しむよ」

「そうですか……。お身体《からだ》に気をつけてくださいね。そう言えば、シモンさんのお父様はお元気なのでしょうか？」

「ああ、だいぶ持ち直したみたいだ。なかなか会いに行けてないが」

シャーロットは忘れな草を見ながら、シモンの父を思った。

「シモンさん、お父様に会いに行ってあげませんか。私の母みたいに、いなくなってからでは何もしてあげられないんですから。って、お節介《せっかい》ですよね。ごめんなさい」

「いや。ありがとう。そうだね、近いうちに会いに行くよ」

シャーロットが忘れな草を摘《つ》んで花束にしていると、その姿を眩《まぶ》しそうに見ていたシモンが、シャーロットの隣《となり》に来た。ずいぶん顔が強張《こわば》っている。

「シャーロット、俺が家を立て直すまで、俺を忘れないで待っていてくれるだろうか」

シャーロットは母にこれだけはいつも褒められた『いい姿勢』になってシモンに向かいあった。そしてマナー違反《いはん》なのを承知の上で口を開けて楽しそうに笑った。

「いいですよ。五年でも十年でも待ちます。シモンさんこそ私を忘れないでくださいね」

シモンが嬉しそうな顔になり、シャーロットをそっと抱《だ》きしめた。

シャーロットは抱きしめられながら決意した。

(私、絵のモデルになる。この人を助けるために)

シャーロットはモデルになることをシモンには言わないことにした。言えばきっとシモンに止められるからだ。

(ただ守ってもらうだけの存在になるのは嫌だ。実母や育ててくれた両親や、お城の人たちが自分を守ってくれたように、自分もシモンを守れる存在になりたい)

シャーロットは忘れな草の花束を満足気に両手で抱《かか》えてシモンを見る。

(シモンさんは私を助けてくれた。今度は私の番)

「シモンさん、私、シモンさんを守りたい」

「え？　どういう意味？」

「守りたいっていう言葉の通りです。ただそれだけです」

あまりに真《ま》っ直《す》ぐな、駆け引きを知らないシャーロットの言葉を聞いて、シモンは一度目をゆっくりつぶり、目を開けると困ったような嬉しいような顔でシャーロットのおでこと自分のおでこをくっつけた。

「ありがとう。君のその言葉でどれだけ俺が救われることか」

おでこを離し、照れくささを隠すために互《たが》いに視線を逸《そ》らす。二人で手を繋《つな》いで青い海のような丘を歩いた。

その日は王都の外れにある田舎《いなか》料理の店で食事をして、早めに解散した。城に戻《もど》ってすぐに上級侍女管理官のメリッサの部屋に行き、絵のモデルになることと、その理由を正直に話した。

メリッサは最後まで無言で話を聞いてから、シャーロットに質問をした。

「その話、危険はないの？　まさか裸《はだか》になるんじゃないでしょうね？　それだったら私は許可できないけど」

「それは必ず事前に確認《かくにん》します」

「ぜひそうしてちょうだい」

翌日の夜にロウウェルの店に行き、条件を確認したシャーロットが「全部着衣で描くそうです」と告げると、メリッサは夜の九時半までに戻ることを条件に許可をくれた。

「いいんじゃない？　好きになった誰《だれ》かのために女性が頑張《がんば》っていうのも。二人の人生だもの、二人で力を合わせればいいと思う。女性は守られるだけなんて決まりはないわ。王妃殿下には私から報告しておくわね」

シャーロットが「モデルの件を受けたい」と申《もう》し込みに行くと、ロウウェルは大喜びした。

「そうですか！　引き受けてくれますか、シャーロットさん。もちろんモデルの対価は相応の額をお支払《しはら》いします。いやぁ、ありがとう、ありがとう。収益をシモンへの援助《えんじょ》に使うことも、必ず約束しますよ」

「それで、生意気を承知で私からいくつか条件がございます」

シャーロットが出した条件は、三つだった。

シモンにはモデルの話は内緒《ないしょ》にすること。

髪型《かみがた》とドレスを普段とは全く違うように整えてくれること。

髪の色をダークブロンドよりも明るく描いてもらうこと。

「なるほど。わかりました。では早速《さっそく》画家に連絡を取りましょう。城の近くに部屋を借りるよう手配します。毎日少しずつモデルをお願いします。画家と二人きりは不安でしょうから、うちの妻を同席させます。それでいいですか？」

「はい。あの、着替えの手伝いや髪を結《ゆ》ってくれる方は？」

「全て妻が手配しますから、安心してください」

ロウウェルの仕事は手際《てぎわ》が良く、数日のうちには部屋が用意された。

画家の手配も済んだから来てくれと言われた日。

シャーロットは指定された部屋に向かった。そこは仕事で王都に来る商人たちが使う宿だった。

室内にはロウウェルの妻だという五十歳くらいの品のいい女性と、気難しそうな顔の三十歳くらいの画家がいた。油絵の具があちこちに付いたシャツと作業ズボンの男は、

「画家のガブリエルです」

とだけ自己紹介《しょうかい》をしてシャーロットを見ている。

「あの、着替えや髪の結い上げは?」

おずおずとシャーロットが尋ねるとガブリエルが答える。

「今日はまだいいんだ。君が悲劇の王妃に似ていると聞かされて来たが、たしかに顔はそっくりだね。だが雰囲気《ふんいき》までは似ていないな。あちらが繊細《せんさい》なガラス細工だとするとあなたはしなやかな若木だ。僕《ぼく》からすると全然違う。あなたを悲劇の王妃に見立てて描いても、そっくりさんを描きましたってだけの退屈《たいくつ》な絵で終わりそうだ。せっかくこんなに美しいのにそれじゃつまらない。君に質問をしていいかい?」

「どうぞ、なんなりと」

そこからガブリエルは様々な質問を重ねた。

どんな環境《かんきょう》で育ったのか、得意なことはなにか、普段はどう過ごしているのか、なぜ絵のモデルを引き受けようと思ったのか。

出自のことだけは伏《ふ》せて、シャーロットができるだけ正確に答えると、ガブリエルの目がキラキラしてきた。部屋に入った時の不機嫌《ふきげん》そうな顔とは別人のようだ。

「ちょっと弓矢を引く動きをして見せて」

「はい」

「いや、横を向いて。そう。獲物《えもの》を狙《ねら》っているつもりで視線を遠くに」

何度も何度も弓矢を引く動きを再現しているうちに汗をかいた。その汗の浮《う》かんだ顔をじっと見るガブリエルが、ロウウェルの妻に次々と指示を出した。

「用意してほしいのは短弓《たんきゅう》と矢、片手剣、ミルク色の薄《うす》い布を大量に。それと……うーん、目の覚めるような真っ赤なドレス、同じ色の靴、大粒《おおつぶ》の真珠《しんじゅ》をバラで三十個くらい、真珠は偽物《にせもの》でもいいよ。それと夜会で着るような肩《かた》が出るドレス、色は緑かな。以上です」

「わかりました。お任せくださいな、ガブリエルさん」

その夜は着替《きか》えずに普段着のままいろいろなポーズを取った。

弓矢を射る動き、ソファーにすわって斜め前を向いた姿勢。

立ったまま片腕《かたうで》を壁《かべ》に置いてガブリエルを真っ直ぐに見つめる姿勢。

ガブリエルは猛烈《もうれつ》な速さで手を動かしてそれらを全部カンバスに描《か》き留《と》めた。描きながら時々シャーロットに近づいてポーズを変える。シャーロットはピタリと止まって動かない。しばらくそれを繰《く》り返したあとで、ガブリエルが感心した声を出した。

「すごいね、ぶれないんだね」

「おなかと背中に意識を集中していると動かないでいられます」

「筋肉も結構ついているね」

「身体を動かすのは好きですから」

その日はそれで終わった。

翌日は真っ赤なドレスに着替え、髪を優雅《ゆうが》に結い上げてもらい、髪に真珠を散らばして長椅子《ながいす》に座《すわ》った。

「無表情はつまらないな。少し笑ってみて」

シャーロットは母に習った『曖昧《あいまい》な微笑《ほほえ》み』を作った。それを見てまたガブリエルが猛烈に描く。

翌日は薄いシフォン生地で身体にぐるぐる巻きにされて、剣を振り抜《ぬ》く動作を繰り返した。弓矢も構えた。その翌日は夜会用の緑色のドレスを着て描かれた。合間に刺繍《ししゅう》のことも質問をされる。

「刺繍はひと通りなんでもこなしますが、最近は殿下《でんか》方のご要望にお応えして虫の刺繍を」

「詳《くわ》しく話して」

シャーロットは表裏を別々に刺繍して縫《ぬ》い合わせる技法の話をした。

「面白《おもしろ》い。ねえ、今度それを持って来てよ」

「殿下にお渡《わた》しした物は持って来られません」

「じゃあもう一度刺繍してよ。手間賃はちゃんと払ってもらうから」

「わかりました」

そこでまた夜なべして刺繍を頑張る。

この刺繍がシモンの役に立つことに繋がる、と思うと眠《ねむ》くても頑張ることができた。


シャーロットが持って来た蝶《ちょう》の刺繍を見てガブリエルが喜んでいる。

「へえ！　これはすごいな。想像の遥《はる》か上の出来だよ」

ガブリエルは一層熱心に制作に取り組んだ。しばらく後にその下絵が出来上がって、今、ロウウェル、シャーロット、ガブリエルの三人で絵を眺《なが》めている。

「やっぱり私の目に狂《くる》いはなかった。ガブリエル、これで君は世に出る。これからは多くの画商があなたに群がる。多くの貴族や大商人があなたの絵を欲《ほ》しがることになる。間違いない」

「ロウウェルさん、まだ下絵ですよ。そんなお褒めの言葉は全部の絵が完成してからにしてください」

「完成が実に待ち遠しい。シャーロットさんは自分の絵を見て、どう思いましたか？」

薄い布をなびかせながら横向きで弓を構えている自分。

髪《かみ》に真珠を飾《かざ》り、真っ赤なドレスを着てソファで薄く微笑んでいる自分。

「あの、緑のドレスで剣を持って立っているのはどうなりましたか？」

「ああ、あれは納得《なっとく》がいかないんだ。あのドレスのデザインは、どうも君の若木のような魅力《みりょく》を損《そこ》なっているんだよね」

緑のドレスはたくさんのヒダが寄せられた装飾《そうしょく》の多いドレスだった。シャーロットもあれは自分に似合っていないと思っていたので、(画家の目から見ても同じだったか）と思う。そしてスザンヌの作った緑色の『理想のドレス』を思い出した。

「ガブリエルさん、私、緑色のドレスでとても美しいドレスを知っています。サイズは私にぴったりでした」

「それ、すぐ持ってこられるの？」

「今お城にあるかどうか。衣装部《いしょう》の先輩《せんぱい》が趣味《しゅみ》で作ったドレスなんです」

「いいね。今すぐ連絡《れんらく》してよ。借りてきて」

「はい。まだ帰ってないと思うので聞いてきます」


衣装部のドアを少し開けてシャーロットがスザンヌを呼び出した。

スザンヌは髪を優雅に結い上げたシャーロットに驚《おどろ》いたものの、急いでいる様子のシャーロットの話を質問で遮《さえぎ》らずに聞いてくれた。

「理想のドレス？　あるわよここに。あれを着られるのはシャーロットだけだから、家に置いておくよりお城に置いておくべきだと思って置きっぱなし」

「それ、今お借りできますか？」

「いいけどなんで？」

シャーロットは絵のモデルをしていること、緑色のドレスが必要なこと、画家がぜひそれを借りたいと言っていることを告げた。

「やった！　やったわ！　無用の長物とまで言われたあのドレスが、ついに日の目を見るのね。ねえ、シャーロット、私もそこに行っちゃダメ？　画家の目にどう見えるのか評価が聞きたい！」

「では一緒《いっしょ》に行きますか？　だめと言われたらどうします？」

「その時はしょんぼりして帰るわよ」

しょんぼりして帰るというスザンヌの言葉がおかしくて、二人でくすくす笑いながらドレスを抱えて宿に向かった。ロウウェルは「構わないよ」とスザンヌの同席を許可してくれた。

スザンヌに手伝ってもらって緑色の『理想のドレス』を着る。シャーロットがドレスを着てガブリエルとロウウェルの前に立った。

「おお！　いいね！　確かにシャーロットの健康的な魅力が引き立ちますね。そう思いませんか、ガブリエル」

「うん、これだ。このドレスならシャーロットのあふれ出る生命力を損なわない。シャーロット、そのドレスで剣を持って。そう、そして敵を斬《き》り倒すところを想像してみて」

ガブリエルはツカツカと近寄って、きれいに結い上げてある髪を少し崩《くず》し、ハラリと顔の脇《わき》にひと房《ふさ》の髪を下ろした。

シャーロットは右手で剣を持つ。目をつぶり、あの襲撃《しゅうげき》のことを思い出した。

血だらけのシモンの顔。襲《おそ》いかかってきた男の殺気立った顔。シャーロットは目を開けて、ゆっくり剣を構え、怒《いか》りを込めて剣をビュッ！　と振り抜いた。相手の男と向かい合っている場面を想像して剣を構え、ここにいない男を睨《にら》みつける。

ガブリエルは木炭を持って描き続けている。

サラサラという音が室内に響《ひび》く。

皆、画家の集中力を途《と》切《ぎ》れさせたくない。立ったまま無言で二人を見ている。

シャーロットは血だらけのシモンの顔を思い出しているうちに涙《なみだ》が盛り上がる。

(あんな傷を残してしまった)

「あっ」

油断したら涙がツウッとひと粒《つぶ》流れ落ちた。

「すみません」

グイ、と手の甲で涙を拭《ぬぐ》って照れ笑いをしたシャーロットを見ながら、ガブリエルが絵を描き続けていた。


ガブリエルが使っている部屋に来るたびに、シャーロットは絵の中の自分を確認する。絵に魂《たましい》が込められていく過程を、驚きをもって見てきた。

線画だけの人物に立体感が生まれ、肌《はだ》の質感、髪の重さ、瞳《ひとみ》の輝《かがや》きがガブリエルによって生み出されていく。まるで神が土くれから人間を創造する手際を見ているようだった。

モデルを務めている数か月の間に、シモンとも会っていたが、モデルのことは言わないでいる。

ある時は二人で馬に乗って走ったり、ある時は田舎町《いなかまち》の食堂で食事を楽しんだり。お茶と菓子《かし》の店で飽《あ》きずにおしゃべりもした。

「もっと華やかな場所に行くべきなのはわかっているんだ。次は王都の繁華街《はんかがい》に行こうか」

「私は森の家とお城しか知らなかったので、どこへ出かけても新鮮《しんせん》で面白いですよ。繁華街はまた後にしましょう」

そう言ってシャーロットは笑う。

シモンが人の視線を嫌《きら》ってることはとっくに気づいていた。不躾《ぶしつけ》な視線がどれだけ疲《つか》れるかは、シャーロットも十分知っている。

シモンは仕事が忙《いそが》しいらしく、目の下にはうっすらとクマができていた。こんな時は尚《なお》更《さら》視線は不快だろうと労《いたわ》りたい気持ちになった。

(早くあの絵が売れてシモンさんの役に立てばいい)と思いながら疲れた顔のシモンを見ていた。

ついにガブリエルの絵が完成した。

ロウウェルは数日おきに絵の進み具合を見に来ていたが、その日、ガブリエルが絵を描いていなかった。お茶のカップを手に、立ったまま自分の絵を眺めている。

「もしや、完成したのかい？」

「ええ、完成しました」

ロウウェルは急いで部屋の中に入り、少し離れた位置から三枚の絵を眺めた。長い時間黙《だま》って二人で眺める。

「ガブリエル、これは傑作《けっさく》だよ」

二人の前には三台のイーゼルそれぞれに置かれた三枚の油絵。

室内にはテレピン油の匂《にお》いがこもっていた。

顔にも手にも服にも油絵の具をくっつけたガブリエルは、やるべきことを成《な》し遂《と》げた達成感に満ちた表情をしている。

その日、帰宅したロウウェルは画商たちに案内状を出した。

隣国《りんごく》バンタース王国の知り合いの画商にも。案内状には『悲劇の王妃《おうひ》を彷彿《ほうふつ》とさせる素《す》晴《ば》らしい絵を手に入れました。ぜひご覧いただきたい』と書いた。

バンタースの城で、イブライム国王は馴染《なじ》みの画商からその話を聞いた。

「内容が内容ですので陛下にも念のためにお知らせをと思いまして。ソフィア様を彷彿とさせる絵だそうですよ」

「ほう。モデルは誰が務めたんだろうね」

「そうおっしゃると思って問い合わせました。お城で働いている侍女《じじょ》だそうです。画商はフォーレ侯爵《こうしゃく》の叔父です」

「そうか」

興味がなさそうな顔で返事をしたが、イブライムは確信していた。

(侍女でソフィア王妃を彷彿とさせる女性ならば間違いなくシャーロットだ)

イブライムは画商が部屋を出るとすぐに控《ひか》えている侍従《じじゅう》の方を向いた。

「ルイ、頼《たの》みたいことがある」

「絵を何が何でも競《せ》り落とすんですね?」

「さすがだね。私の私財を使え。絶対に他の客に絵を持ち帰らせるな」

「おお、豪気《ごうき》な買い付けを経験できますね。お任せください。絶対にしくじりません」

侍従のルイが部屋から出て行くのを待って、イブライム国王は父親が療養《りょうよう》している部屋へと向かった。

父のジョスラン前国王の部屋は、まだ夏の終わりだというのに暖炉《だんろ》が使われていた。

ムッとするほど暖められた寝室《しんしつ》で、ジョスランは浅い呼吸をしていた。

「父上、お加減はいかがです？」

「イブ、ライム」

「おつらそうですね。あれほど酒と食事を摂《と》りすぎないでくださいと申し上げたのに。でも、仕方なかったのですね、父上。飲み食いしないではいられなかったのでしょう？」

ジョスランは眉《まゆ》を寄せて、苦言を呈《てい》する息子《むすこ》を見た。長年の不摂生《ふせっせい》で痛めつけられた身体はゆっくりと死に向かっていた。

「父上、今のうちにひとつだけ教えてほしいのです。父上の兄であるライアン国王は病死ですか？　それとも父上が命じて毒殺させたのですか」

ジョスランは答えなかった。その代わり、腕《うで》を伸《の》ばしてイブライムの頬をそっと撫《な》でた。

「私の、宝物」

それだけを言うと伸ばした腕をベッドにパタンと落とし、うとうとと眠り始めた。盛大《せいだい》に贅肉《ぜいにく》を付けていたはずの父の身体は、今は枯《か》れ木《き》のように痩《や》せ細《ほそ》って乾《かわ》いている。イブライムは父に向かってささやいた。

「父上。両親がいて贅《ぜい》を尽《つ》くされた環境で育っても、私の人生はずっと不幸でした。蘭《らん》を育て、美しい絵を見ている時以外はずっと、ずっと苦しかった。父上の噂が耳に残って消えず、とてもつらい人生でした」

眠っているジョスランからの返事はない。

シャーロットに出会う前、会議の席で「前国王の連れ去られた赤子が現れたらどうなる？」と尋《たず》ねたことがあった。多くの家臣はたとえあの時の赤子が現れても、イブライムなら問題ない、あの赤子が王になる目はないと口を揃《そろ》えた。

だが、今、イブライムはそうは思っていない。

シャーロットが自分の出自を高らかに叫《さけ》べば、バンタースの国民は狂喜《きょうき》して彼女を迎《むか》え入れるだろう。民たちは黒い噂が絶えなかった父の子である自分よりも、悲劇の王妃にそっくりなシャーロットが女王となることを望むはずだ。

だがシャーロットは自分のことを忘れてくれ、と言った。

地位も権力も財産も持たない彼女だが、幸せなのだろうと思った。死にゆく父よりも、王となった自分よりも、ずっと確かに幸せなのだろう。

「僕は君が望むなら、喜んで王位を譲渡《じょうと》したのに。そして夢だった学者になっただろう。君が羨《うらや》ましいと言ったら、君と君を守ってきた人たちに失礼なんだろうな」

イブライムの独り言を聞いているのは壁に飾られた歴代国王夫妻の肖像画だけだ。

◇◇◇

美術商ロウウェルの審美眼《しんびがん》は広く知られていたので、指定された日には各地から続々と画商たちが王都にやって来た。その中にはバンタース王国の画商たちもいる。

『悲劇のソフィア王妃』はバンタースでは大っぴらには口にできない言葉だ。その『悲劇』という言葉にジョスラン前国王への批判が滲むからである。

だが、バンタース王国ではソフィア王妃への敬愛の念は今も色濃《いろこ》く残っている。悲劇で幕を閉じた絶世の美女は、悲劇であったがゆえに国民の心の中で長く生き続けている。

その王妃を『彷彿とさせる絵』とはいかなるものなのか。バンタース王国から来た画商たちは、今か今かと絵の公開を待っていた。

ロウウェルが用意したホールは熱気に包まれている。

三枚の絵がイーゼルの上に置かれ、上から深い青色の布が掛《か》けられている。知らせてきた時刻通りにロウウェルが壇上《だんじょう》に現れて、絵の説明をした。

「バンタースの悲劇の王妃は冥界《めいかい》へと旅立たれてしまいました。我々はバンタース王家の許可なくソフィア様の絵を扱《あつか》うことはできません。しかしながら、今回皆《みな》さんにお披露目《ひろめ》するのは、悲劇の王妃を彷彿とさせる若い女性の絵であります。歴史に残る素晴らしい作品です。きっとみなさん驚かれることでしょう。どうぞ、ご覧ください」

ロウウェルが次々と青色の布を取り去った。

静まり返るホール。集まった数十名の画商たちが全員息を止めたかのように微動《びどう》だにせず、食い入るように絵を見ていた。


右の絵は真っ赤なドレスを着た女性が長椅子に座り、美しい顔を斜《なな》め前に向けている。指を伸ばして持ち上げた右手には一匹《ぴき》のアゲハチョウが止まっていた。

ゆるく結い上げられた豊かな髪、細身の身体から発散される生命力。ドレスの強い色に負けない美しい顔で曖昧に微笑んでいる。

真ん中の絵は白く柔《やわ》らかい布を何重にも身体に巻き付けた女神《めがみ》のような姿で、弓矢を構えている。今まさに矢を放とうという場面。すらりとした腕や脚《あし》にうっすらと浮かび上がる筋肉。女性の背景は深い森だ。

初夏の瑞々《みずみず》しい木の葉、木の枝に止まっている小鳥。木の葉に光る朝露《あさつゆ》。地面に生えている柔らかそうな草むらには小さな野の生き物が見え隠《かく》れしている。

左の絵は緑色のドレスを着た女性がひと房の髪を乱して剣《けん》を振《ふ》り抜いた瞬間《しゅんかん》の絵。

ドレスの上半身はピタリと身体に密着しているが、スカート部分は布をたっぷり使われて柔らかく膨《ふく》らんでいる。上品なドレスをなびかせて、女性は見ている者の心を貫《つらぬ》くような強い視線をこちらに向けている。

顔に漂《ただよ》うのは怒りと悲しみ。片方の目から涙がツッと伝い落ちている。


長い静寂《せいじゃく》のあとで自然に人々から拍手《はくしゅ》が起きた。

拍手が収まったあと、右側の赤ドレスの絵から順番に競売が始まった。

画商たちが進行役の男性に向かって小金貨の数を告げる。五枚から始まった競り合う声は熱気を帯びて、五十枚まであっという間に駆《か》け上がった。

「二百枚」

全員が口をつぐむ。五十枚の次に二百ということは、「何が何でも競り落とす」という意味だ。

「二百十」老紳士《ろうしんし》風の男性が挑戦《ちょうせん》した。

「三百」若い男がすぐさま大幅《おおはば》に数字を上げた。

「三百五十！」

「四百！」

赤いドレスの絵は小金貨四百枚で若い男に競り落とされた。小金貨四百枚と言えば王都にそれなりの庭のある屋敷《やしき》が買える金額だ。

このあと、同じ光景があと二回繰り返され、黒縁《くろぶち》の眼鏡をかけた若い男性が三枚とも小金貨四百枚で競り落とした。

会場のあちこちから「あの若者はいったい誰だ？」という声が漏《も》れるが、誰も知らなかった。男は前髪《まえがみ》を下ろし、眼鏡をかけ、裕福《ゆうふく》な平民とも気楽な身なりの貴族とも見えるような服装だった。

三枚の絵は布に包まれ、もみ殻《がら》とともに木箱に詰められて会場から運び出された。

馬車の行く先はバンタースの王城だ。長距離《ちょうきょり》を馬車に揺《ゆ》られ、絵はイブライム国王の執務室《しつむしつ》に運《はこ》び込まれた。絵は王の目前で取り出され、イーゼルの上に置かれた。

包んでいた布から取り出された絵を見守るイブライム国王が驚いている。

「これはまた素晴らしい。ありがとう、ルイ」

「どういたしまして、陛下。陛下の予想通り、モデルはシャーロット嬢《じょう》でしたね」

「相変わらず美しい。ソフィア様の儚《はかな》い感じの美しさも胸を打つが、シャーロットの強さがあふれ出すような美しさもまた胸を打つ」

「この画家は注目株ですね」

「そうだね。次のオークションも見逃《みのが》さないようにしたいものだ」

「陛下、この絵はどこに飾るのですか?」

「これは三枚とも行くべき場所が決まっているんだ」

その夜、再び布に包まれ、もみ殻を詰《つ》められた木箱は、隠居《いんきょ》しているフェリックス・エルベ前侯爵の家へと運び込《こ》まれた。

「国王陛下からの贈《おく》り物です」

木箱を運んできた男は、それだけ告げるとさっさと帰って行った。

「いったいなんだろうね、ジョセフィーヌ」

「なにかしら。大きい箱だわね、フェリックス」

シャーロットの祖父母は使用人に命じて箱を開けさせた。包まれていた布をめくって、老夫婦《ろうふうふ》は息を止めた。

見間違《みまちが》いようがなかった。そこには愛《いと》しい孫のシャーロットが描《えが》かれていた。

「あなた!」

「これはシャーロットじゃないか。何と美しい」

愛娘《まなむすめ》にそっくりでいて娘《むすめ》にはなかった強さと逞《たくま》しさを身に付けたシャーロットの姿に、老夫婦はただただ見惚《みと》れた。年々足腰《あしこし》が弱ってきていて、いつ孫に会いに行けなくなるかと心配していた二人にとって、最高の贈り物だ。

「生きている間にあと何回会えるのかと思っていたが」

「これからは毎日会えますね、あなた」

三枚の絵は夫妻の屋敷の居間にさっそく飾られた。

前侯爵夫妻は国王イブライム宛《あて》に感謝の手紙を書いた。その夜以降、老夫妻は毎日孫《まご》娘《むすめ》の絵を眺める楽しみに浸《ひた》っている。

老夫妻の居間に飾られている三枚の絵の噂《うわさ》は、訪《おとず》れた客たちの口から少しずつ広がっていく。

すぐに「どうかひと目見せてほしい」と願う人が訪れるようになった。絵を見てもらえるのは夫妻も嬉《うれ》しく、月に一度ずつ居間を開放している。

毎月十八日には老夫妻の屋敷には結構な数の見学者が集まる。十八日は娘のソフィアが旅立った日であり、シャーロットが生まれた日だ。

老夫妻は訪れる人々に「この絵はイブライム国王陛下からの贈り物です」と伝えるのを忘れない。それを聞いた訪問客たちは皆驚《みなおどろ》いた。イブライム国王の父が兄王を毒殺したのではないか、と疑っていた者たちも、その息子である新国王の思いやりと人柄《ひとがら》に感心したのである。

小金貨千二百枚の売り上げから経費を引いた残りは全て、ロウウェルから甥《おい》っ子のシモンへと贈られた。

箱にギッシリと詰められた小金貨を見せられ、その由来を聞かされたシモンはしばらく無言のまま両手で顔を覆《おお》っていた。

「シモン、シャーロットはお前を助けたいと、それだけを繰り返していたよ、それと、イブライム国王からの伝言だ。『絵は全てあるべき場所へと送り届けた。シャーロットの祖父母に喜んでもらえたようだ』とな。商売で知り得た秘密は口外しないのが美術商だ、安心しなさい。私はその伝言を聞いてやっと気がついたが、お前はシャーロットの出自を知っていたんだね」

ロウウェルは大きな秘密を隠し続け、今は恋人《こいびと》の思いやりに言葉を失っている甥を、優しい眼差《まなざ》しで見た。


フォーレ侯爵家にバンタース王国から見舞金《みまいきん》が届いた。

公的には「不幸な事故により我《わ》が国《くに》の民が貴国の侯爵に怪我《けが》を負わせたことを謝罪する」という形になった。そうでもしないとシモンの怪我を利用して戦争に結び付けようとする者が現れかねない。それをイブライム国王もエリオット国王も恐《おそ》れての判断である。

「この形にせざるを得ない。すまないね、シモン」

「何も不満はございません。大きな騒《さわ》ぎになればシャーロットが困りますから」

シモンはシャーロットに悩《なや》みの種を植え付けたくない。

シャーロットがモデルを務めた三枚の絵の代金、バンタース王国からの見舞金。

それらを足してもなおフォーレ侯爵家の負債《ふさい》は消えず、シモンは当主として働き続けた。

ある日、シャーロットと二人で出掛《でか》けている時のこと。シモンがしみじみとシャーロットに胸の内を語った。

「口うるさい親戚《しんせき》たちは皆、負債まみれの上に母がウベル島に送られた我が家《や》と距離《きょり》を置いた。だがシャーロットは助けてくれた。シャーロット、本当にあの時は……」

「はい、そこまで。私は美しいドレスを着させてもらって、祖父母にも喜んでもらって、シモンさんのお役に立てて、あんなに嬉しかったことはないのですから。その話は忘れてくださいな」

「俺《おれ》は一生忘れないよ」

「もう、またそれをおっしゃる」

シモンはシャーロットの献身《けんしん》を一日たりとも忘れたことがない。

二人はその後もシャーロットの休みの日を選んで花の季節には花を眺めに出掛け、森のシャーロットの父に会いに行って三人で狩《か》りや釣《つ》りをしたりピチットと遊んだりしていた。

シモンはいつも「この家は居心地《いごこち》が良すぎて帰りたくなくなる」と言って眉を下げた。

◇　◇　◇

三年後、やっとシモンの管理する帳簿《ちょうぼ》から負債が消えた。それを何度も確認したシモンは立ち上がった。

「出かけてくる」

使用人たちにそれだけを告げて馬車に飛び乗った。頭を下げて見送る使用人の数は、侯爵家にしては少ない。切り詰めた財政が見て取れる人数だ。

シモンは二十八歳《さい》、シャーロットは二十歳《はたち》になっていた。


その日、お城ではシャーロットがオリヴィエ王女とアデル王女に弓の指導をしていた。

オリヴィエ王女は九歳、アデル王女は七歳になっている。

「お上手でございますよ、お二人とも。では今日からは的を小さくいたしましょう」

「嬉しい！　やっと大きな的を卒業ね、シャーロット」

「はい。お二人とも大きな的は全部命中させられるようになりましたから。ご立派でございます」

三人が楽しそうにはしゃいでいる姿を羨ましそうに見ているオレリアン王子は、十一歳だ。

「いいよねえ、オリヴィエもアデルもシャーロットに教わることができてさ」

「仕方ありません、お兄さま。お兄さまには弓兵長のゼムがいるんですもの」

「そうです！　お兄さまにはゼムがいます！」

「ゼムの教え方はさあ、つまらないんだよ。堅苦《かたくる》しいんだ」

オレリアンが愚痴《ぐち》るのももっともで、弓兵長のゼムは自分が教わった通りのやり方で、ただひたすら弓で的を射る練習をさせている。

だが、シャーロットは木の枝から紐《ひも》でつるした的を狙わせたり、その的を大きく揺らしたりして王女たちに動く的を狙わせた。「実際に弓矢を使う場では、動かぬ的などないのです」と言って。

二人の王女は楽しみながら着々と弓の腕を上げていた。結果として二人の王女は弓兵長に預けられたオレリアンと同じくらいの腕前《うでまえ》になっている。

三人のやり取りを微笑みながら聞いているシャーロットは毎日が充実《じゅうじつ》していた。

彼女《かのじょ》はますます輝くように美しくなり、その美しさは既《すで》に城で働く使用人たちの間で広く知られている。最近では城の外の人たちにも知られるようになっていた。

バンタース王国の目を気にしなくても済むようになった今、スザンヌやイリヤたちと夜のお出かけをすることも増えた。近頃《ちかごろ》はお出かけ用の服もちゃんと数着は持っている。

今夜もみんなと一緒に出掛けようとしているところだ。

「今日はこの白いワンピースにしようかな」

真っ白ではなく、象牙色《ぞうげいろ》の柔らかい白のワンピースを着たシャーロットが、ごく薄い水色の靴《くつ》と同じ色の手作りのバッグを手にしたとき。

「シャーロットさん、すぐに来てください」

「ええ？　これから出かけるのに」

「早く早く」

「はいはい」

呼びに来た新米の侍女は慌《あわ》てながらも笑顔《えがお》だった。

「アデル殿下のお呼び出し？」

「いえ、違《ちが》います」

「メリッサさん？」

「それも違います」

「もう、どなた?」

「うふふ」

意味深な笑いを漏らした侍女が案内したのは、来客用の部屋だった。

「ではわたくしは失礼いたします」

「あ、はい。呼び出しをありがとう」

夕方の来客ということは父だろうかと思いながらドアを開けると、そこにはシモンがいた。

「シモンさん! どうなさいました? なにか大変なことが?」

「やあ、シャーロット。先週ぶりだね。大変なことと言えば大変なことかな」

「なんでございましょう? どうなさいました?」

シモンの父親になにかあったのかと怯《おび》えた顔になったシャーロットに近づいて、シモンが彼女の白い手を両手で包む。

「フォーレ家の負債が全て消えたんだ。やっとだ。だから君を迎えに来た」

「……迎え、ですか」

シモンはそこで片膝《かたひざ》をついて一度恭《うやうや》しく頭を下げた。それから顔を上げた。

「君が絵のモデルを引き受けてくれたから、こうして思っていたよりずっと早く君を迎えに来ることができた。シャーロット、僕《ぼく》の妻になってくれるかい？」

もちろんです、という言葉をシモンは待っていたが、シャーロットは両手を口に当てたままシモンを見つめている。

「シャーロット？」

「本気だったのですか」

「もちろんだよ。嘘《うそ》だと思っていたのか？　心外だな」

「だって、私は平民で」

「ロウウェル叔父上《おじ》が養女にしてくれる」

「ロウウェル様が……」

「親戚筋《しんせきすじ》は気にしなくていい。君が負債の解消に役立ってくれたんだ。文句を言える人なんていないさ。だからシャーロット、安心して僕のところに嫁《とつ》いでほしい」

シャーロットはそっと膝を折り、シモンと視線の高さを揃えた。そして笑《え》みをたたえてシモンを見る。

「私を選んでくださってありがとうございます」

「いや、それは俺が言うべきだろう。俺を待っていてくれて、俺を選んでくれてありがとう。あ、ちょっと待っていてくれるか」

そう言ってシモンが立ち上がり「ん?」という顔のシャーロットに「しー」という身振《みぶ》りでドアに近寄る。そしてガバッとドアを内側に開くとオレリアン王子、オリヴィエ王女、アデル王女が転《ころ》がり込んできた。その背後では困った顔のお付きの女性が二人。

「なんだかドアの向こうからコショコショと声がすると思ったら」

「私も気にはなっておりました」

「シモン、シャーロット、違うんだ、これは妹たちが話を聞きに行こうって」

「ひどい! お兄さまが一番乗りでここまで来たくせに!」

「皆さま、喧嘩《けんか》はおやめくださいませ」

シャーロットが兄妹《きょうだい》喧嘩を止めていると、アデル王女がくりくりした目で二人を見上げながら可愛《かわい》い声で話しかけてきた。

「ねえ、シャーロット、『ツマ』になるの?」

「まあ!」

背後に立っていたお付きの女性たちが色めき立つ。それを見てシャーロットが赤くなった。シモンは、と振り返ると彼《かれ》は笑っている。

「アデル殿下、まだ答えをシャーロットからもらっていないんですよ」

シモン、オレリアン、オリヴィエ、お付きの侍女二人の五人に見つめられて、シャーロットが笑い出した。ひょい、とアデル王女を抱《だ》き上げてシモンに返事をした。

「はい。喜んでシモン様の妻になります」

「えええ」

「そんなぁ」

不満そうな声を上げたのはオレリアンとオリヴィエだった。

「シャーロット、いなくなっちゃうのかい？」

「そんなの嫌《いや》よ」

「いなくなったらやだぁ。ふえぇ」

グダグダになった結婚《けっこん》の申《もう》し込みはそこで打ち切りとなり、今、二人は森の家を目指しているところだ。お出かけを断りに行った同室のイリヤたちは目をキラキラさせ、

「帰ってきたら話を聞かせてね！」

と送り出してくれた。

馬車の中で、シャーロットはさっき殿下《でんか》方が言った言葉を考《かん》えていた。いつの日かシモンが迎えに来てくれるとは思っていても、自分が妻に迎え入れられる未来はぼんやりとしか想像できないままだった。

その一方で、リディやルーシーやメリッサのように働き続けている自分を想像するのは易しかった。

シモンは、そんなシャーロットの心に気づいている。考え込んでいる様子の彼女の心配を消そうと、話しかけた。

「シャーロット、侯爵の妻としての仕事は最低限でいいよ。働きたいなら城仕えを続ければいい。俺は社交界で人脈を築くより、効率よく生き残る道を切り拓《ひら》いたからね」

シモンは王都に近い領地の利点を生かして、王都で消費される果物や乳製品、食肉、卵などの販路《はんろ》を確立させていた。

これと言った産業がなかった領地だったが、シモンが当主になってからは地道に潤《うるお》うようになっている。新鮮かつ品質の良い農産物は、少し豊かな層に歓迎《かんげい》されて買い手を広げつつある。

やがて森の家に着いた。

暗くなってきた森の中で、小さな家の窓からは温かい色の灯《あか》りが漏れていた。馬車の音を聞きつけて父のリックが外に出て待っていた。

「お父さん！」

「シャーロットじゃないか。誰《だれ》かと思ったよ」

「お久しぶりです」

「侯爵様！」

状況《じょうきょう》を察したらしいリックは恭《うやうや》しくお辞儀《じぎ》をした。

三人で家の中に入り、ミントのお茶を出され、シャーロットが報告した。

「お父さん、シモンさんが私を妻にとおっしゃってくださったの」

「そう、ですか」

リックはそう言ってシャーロットを見つめる。その目が少し赤い。

「ご安心ください。叔父がシャーロットを養女に迎えてくれるので、身分の問題はありません」

「亡《な》くなった妻がきっと喜んでいます。ライアン陛下もソフィア様もきっとお喜びです。ありがとうございます、侯爵様」

リックの目に涙が盛り上がる。リックは乾いた手のひらでグイ、と目元をこすった。

だが、やはり堪《こら》えきれずにリックは男泣きした。リックはあの日の夜、ソフィア様の赤子を籠《かご》に隠して城を出た時のことを思い出しているのだ。

その後の記《き》憶《おく》はいまだに思い出せないままだが、リーズと二人でさぞや大変な子育てだったろうと思うと胸がいっぱいになった。

「侯爵様、ソフィア様からお預かりしたシャーロットを、私の大切な娘を、どうかよろしくお願いいたします」

「お父さん」

思わずシャーロットが父の胸に飛び込んだ。

その夜は三人で楽しくおしゃべりして過ごした。翌日も仕事のシャーロットを城まで送りながら、シモンは自分の妻となるシャーロットを見つめている。

「君は本当に美しい」

「まあ。初めてではありませんか？　そんなことを言ってくださったのは」

「そうだったかな」

「そうです。シモンさんにきれいと言われるのは嬉しいものですね」

翌日、お城ではシャーロットと侯爵家当主シモンの結婚話《けっこんばなし》が猛烈《もうれつ》な勢いで広まっていた。

第七章

城仕えの侯爵夫人

シモンは一時的に王都の屋敷に戻《もど》ってきている。今後は定期的に領地と王都を行き来することに決めていた。

王都の屋敷に戻ったシモンが結婚式の招待状を送った。送った数はそう多くはない。招待状を送らなかったとある親戚の女性がシモンの下を訪れた。

シャーロットを見下したように眺《なが》めるその女性は四十代。着飾《きかざ》った人だった。

「彼女は平民だというじゃないの。みっともない。たとえ養子縁組《えんぐみ》をしたとしてもフォーレの一族が恥《はじ》をかくわ。私の子どもたちも肩身《かたみ》の狭《せま》い思いをするのよ」

「シャーロットの前でなんということを！　そう思うなら結構ですよ、どうぞ我が家と縁を切ってください」

「縁を切ったところで社交界の噂になるのは防げないの。迷惑《めいわく》よ。同居するだけにしてほしいわ」

彼女はシモンの家とはほとんど付き合いがなかった。顔も覚えていないような遠縁だ。

そんな人が誰かから話を聞いて乗り込んで来たらしい。

シモンは全身から怒《いか》りを漂わせ始めた。

「シャーロットを侮辱《ぶじょく》する人は、たとえ誰であっても許さない。今この瞬間からあなたは親戚を名乗る他人だ。さあ、さっさと帰ってもらいましょうか」

それを聞いてシモンの親戚が立ち上がり、シャーロットを睨《にら》んで悪態をついた。

「卑《いや》しい生まれ育ちのあなたが侯爵夫人だなんてね。うまいことやったと、さぞかし喜んでいるのでしょうね」

「卑しい、ですか？」

シャーロットは無表情に聞き返した。

「父親は木こりだったかしら、猟師《りょうし》だったかしら？　卑しいじゃないの！」

「私はともかく私の父を侮辱するのはおやめください。なるほど、これはこういう時にこそ使うべきものだったのですね」

シャーロットは胸元《むなもと》から小袋《こぶくろ》を取り出した。小袋から折りたたまれて布に包まれた羊皮紙とイブライム王の指輪、実母の形見の指輪を取り出した。

「どうぞご覧ください。私は生まれを誇《ほこ》る気は全くありませんが、命がけで私を守り育ててくれた両親を侮辱されて黙っているつもりもありませんので」

「何を偉《えら》そうに！」

そう怒鳴《どな》りつけたものの、羊皮紙を読む夫人の顔色がみるみる悪くなった。

「まさかこれは……本物なの？」

夫人が慌てて二つの指輪も確かめ、内側の文字を読んでますます顔色が悪くなった。

「私の育ての父は王妃を守る騎士《きし》でした。今も素晴らしい猟師であり、大切な父親です。このことはランシェルとバンタース両方の王家がご存じです。安易に口外すれば両王家の怒りを買うことをお忘れなく」

冷え冷えとした声でシャーロットが告げると、シモンの親戚は口ごもった。

さっきまで卑しい生まれと侮《あなど》っていた娘から強い気迫《きはく》と品の良さが感じられて、まるで別人のように見える。

シャーロットに圧倒《あっとう》された夫人は、なにやらモゴモゴと言い訳をしてそそくさと帰って行った。

「あの家の人間は二度と門を通さないようにする。すまなかった、シャーロット」

「母が申していました。『守るべき事のためなら、時には相手の所まで下りてでも闘《たたか》いなさい』って。でも、自分の出自で相手を威圧《いあつ》するのがこんなに後味の悪いことだったとは知りませんでした」

シモンがシャーロットの手をそっと握《にぎ》る。怒りで冷え切っていたシャーロットの手を、シモンの手が優《やさ》しく温めた。

◇　◇　◇

シモンとシャーロットの結婚式当日。

場所は王都の教会が選ばれていた。

フォーレ侯爵《こうしやく》家の当主、シモン・フォーレの結婚式は、家の格から言うとずいぶんひっそりしたものだった。

シャーロットが平民出身だからというだけでなく、シモンの母親がウベル島に幽閉《ゆうへい》されていることもあり、関わりたくないと判断した親戚も少なくないようだった。

シモンの父親はだいぶ回復していて、長くは会話できないまでも意思を伝えることはできるようになっていた。弟のロウウェルに付き添《そ》われているシモンの父は、椅子《いす》に座《すわ》ったまま、シャーロットの手に動く方の手を重ねて何度も礼を述べた。シャーロットの献身のことらしい。

「ありがとう、ありがとう」

「お義父様、私こそ受け入れてくださってありがとうございます」

シャーロットがそう言った時、外がザワザワとして三人の王子王女たちが入って来た。

背後にはたくさんの護衛が控《ひか》えている。

「シャーロット、僕たちも来たよ。これでも一応お忍《しの》びなんだ」

「私たちの弓矢の先生だもの、絶対に来たかったの」

「来たかったの！　シャーロットきれい！」

正式な式典用の服に着替《きか》えた三人の子どもたちを見て、参列していた全員が立ち上がり、頭を下げる。

「みんな、シャーロットをよろしくね。そんなことはないと信じているけど、シャーロットに意地悪なんてしたら、王家が黙《だま》ってないから。気をつけてね」

「気をつ……ががが……」

真似《まね》っ子《こ》アデル王女の口をオリヴィエ王女が笑顔で塞《ふさ》いでいる。

シモンとシャーロットは笑い出したいのを堪えながら司祭の前へと進む。シャーロットの花嫁姿《はなよめすがた》はあの絵以上に美しかった。

その姿を眺めるリックの隣《となり》にはクレールが寄り添っている。その後ろの席には先に結婚していたスザンヌとレオが参加していた。

この日の晴れ姿はガブリエルが絵姿に収めてくれている。ガブリエルは今や大変な人気画家だ。

結婚式の翌日、フォーレ侯爵家の屋敷でシャーロットが何度目かの確認《かくにん》をしていた。

「シモンさん、本当に私が働き続けてもいいのですか？」

「いいも悪いも、オリヴィエ殿下もアデル殿下も、シャーロットじゃないと嫌だと言い張っていらっしゃるそうだよ」

「ありがたいことですね」

「それにしてもシャーロット、いつまで俺をシモンさんと呼ぶつもりだい？　もう夫婦《ふうふ》なのに」

恥《は》ずかしくてなかなかシモンと呼べないシャーロットを彼がからかう。王都の屋敷の使用人たちはそんな二人を微笑《ほほえ》ましく眺めていた。

結婚式の翌日であってもシャーロットは通常通り仕事だ。

「では行ってまいります」

「行ってらっしゃいシャーロット。寄り道せずに帰っておいで」

「やめてくださいな。子どもじゃないのですから」

笑顔でフォーレ侯爵家の王都の屋敷を出発して、シャーロットは自分用の小さな馬車でお城に向かう。

王城の門のところで降り、使用人用の出入り口から入る。そのまま上級侍女《じじょ》管理官のメリッサのところへと挨拶《あいさつ》に行った。ドアを開けて室内に入るなり、メリッサが立ち上がって深々とお辞儀をした。

「おはようございます、フォーレ侯爵夫人」

「あっ、はい。おはようございます、メリッサさん」

「いえ、どうぞメリッサとお呼びください」

困った顔のシャーロットを見てメリッサが笑う。

「二人きりのときは好きに呼んでいいけど」

「はい、ぜひそうさせてください」

「これからルーシーのところに行ってくれるかしら。お祝いを渡《わた》したいと言っていたわ」

「はいっ」

衣装部《いしょう》に行くと、全員が整列してお祝いを渡してくれた。

「衣装部全員からお祝いです、侯爵夫人」

「ありがとうございます。わあ！　これは……」

大きな箱の中は刺繍《ししゅう》を凝《こ》らした優雅《ゆうが》な水色のドレスが入っていた。

「忘れな草を眺めた二人のすてきな話を、スザンヌから聞いたものだから」

「ごめんね、シャーロット、いいえ、侯爵夫人。あんまりすてきなお話だったから、ついしゃべってしまいました」

上等な絹のドレスには精緻《せいち》な刺繍が同じ水色の刺繍糸で施《ほどこ》されていた。背中の包《くる》みボタンのひとつひとつにも可愛らしい忘れな草の刺繍が刺《さ》してある。

「さあさあ、着て見せてくださいな」

「はい」

スザンヌに手伝ってもらい、ドレスを着たシャーロットは花の妖精《ようせい》のようだった。

「みなさん、ありがとうございます」

感激しているシャーロットをそっと抱きしめて、衣装部の長ルーシーが話しかける。

「我が衣装部から侯爵夫人が誕生したことは、この先ずっと語り草になります。しかも結婚しても仕事を続ける侯爵夫人。いろいろな初めてをあなたが築いていくのですね。頑張《がんば》ってくださいね。みんな応援《おうえん》しています」

「はい。はい。ありがとうございます。このドレスは一生大切にします」

そう言って笑うシャーロットは幸せそうだ。

ルーシーは下級侍女管理官のリディに「下級侍女をそちらに異動させたいの。よろしく頼むわ」と託された時のことを思い出していた。その時の緊張した硬い顔つきのシャーロットと、今の幸せそうなシャーロットは別人のようでルーシーは感慨深《かんがいぶか》い。

「今日はそのままそのドレスを着て行ってくださいな」

「はい！」

衣装部を出て一度一階の通路を通り、王族の居住区域へと向かう。その途中《とちゅう》で庭師長のポールに出会った。

「侯爵夫人、おはようございます」

「ポールさん！　おはようございます」

「レオに良い人を紹介《しょうかい》してくださってありがとうございました。あいつもすっかり穏《おだ》やかな顔になりましたよ。侯爵夫人とスザンヌさんのおかげです」

「そうですか。よかった！」

お辞儀をして立ち去るシャーロットをポールが見送る。

「レオは何のために城に入り込んだのやら。結局わからないままだった。まあ、陽《ひ》が当たる側に来たようだから、よしとするか」

若い頃《ころ》は王家のために仕事をしていたポールは、レオが庭師として配属された時から（こいつは同業か？）と注意を払《はら》っていた。だが、レオは真面目に働いていたし、立太子式の頃からはガラリと雰囲気《ふんいき》が変わり、穏やかな顔になった。

「さて、伸《の》びた枝を剪定《せんてい》するか」

まだまだレオに教えたい仕事はたくさんあるのだ。

◇◇◇

シャーロットの結婚から十八年後のこと。

「それで？　それで？　お母様、その先はどうなったの？」

二児の母となったアデルは現在二十五歳。西の隣国《りんごく》ハルウラ王国の王妃《おうひ》だ。

「私は子供の頃、乗馬に夢中になった。毎日のようにシャーロットと乗馬をしていたわ。ある日『一人で馬に乗って森に行ってみたい』と思ったの。門番には『すぐにシャーロットが来るから』と嘘をついて制止を振《ふ》り切って城の外に出たの。森を目指して走ったけど、案の定迷子になった。シャーロットの森の家に行く道がわからなくなってしまったの」

「そんな。危ないのに」

子どもたちは目を丸くする。

「そうなの。そうしたら運悪く柄《がら》の悪い男たちに囲まれてしまってね。きっとどこかの貴族の娘と思われたのね。馬から引きずり降ろされて後ろ手に縛《しば》られて、彼《かれ》らの馬に乗せられたわ。そのまま拐《かどわ》かされてしまうかと思った。ところがね、森の中を移動中にシャーロットが馬に乗って追いかけて来たのよ。後ろに兵士たちをたくさん引き連れてね」

「やったぁ！」

「シャーロットはドレス姿のまま、腰《こし》には剣《けん》、背中には弓矢を背負っていたわ。そして私が捕《つか》まっているのを確かめると、剣を抜《ぬ》いて馬から飛び降りて、ドレスを翻《ひるがえ》しながら男たちを次々斬《き》り伏《ふ》せた。その動きの速いことと言ったら」

「すごいすごい！」

子どもたちが拍手《はくしゅ》をする。

「シャーロットの剣の腕前に恐れをなして、男たちが逃《に》げ出そうとしたの。すると今度は背後から弓矢で次々と倒《たお》した。矢が男たちの腿《もも》に刺さって、男たちは皆《みな》、前のめりに転がったのよ」

「うわあ！」

「兵士が男たちを縛り上げている時、怖《こわ》くて泣くこともできないでいた私をシャーロットが抱きしめてくれた。どんなに叱《しか》られるかと思ったけど、シャーロットは『ご無事でよろしゅうございました』と繰《く》り返すだけ。返り血に染まったまま私を抱きしめているシャーロットが、そのうちガタガタ震《ふる》え出したの。シャーロットは私のために生まれて初めて人を斬って震えていたのよ。シャーロットに申し訳なくてね。あれは子ども心にとても堪えたわ」

子どもたちは「はぁぁ」とため息をつく。

シャーロットはハルウラ王国の王子王女にとって生きている伝説のような存在だった。

そこまで話をして、アデルはランシェルを出てこの国に嫁ぐ日のことを思い出した。

家族には笑顔で上品にお別れの挨拶をしたのに、シャーロットに向かい合ったら涙《なみだ》があふれた。涙をポタポタこぼしながらシャーロットにしがみつくアデルを、その時もシャーロットは優しく抱きしめてくれた。

「アデル殿下、淑女《しゅくじょ》のマナーをお忘れですか」

「だって、あなたにもう会えないなんて。シャーロット……ふえぇ」

「淑女たる者」

「わかってる。いつでも品良く落ち着いて微笑むこと。忘れてないわ、あなたに教わったこと全部。今だけよ、今だけは許して」

お付きのレナが退職してからは、シャーロットがアデル王女の正式なお付きとなり、アデル王女はシャーロットが育て上げたようなものだった。

シャーロットは自分が子どもを産んでも復帰して、アデル王女に付き添った。シャーロットは夕方には屋敷《やしき》に帰るものの、アデルはいつでもシャーロットに教わった淑女のマナーを忘れず、王女教育を頑張った。そして十六歳でこの国に嫁いできたのだ。

「お母様？」

「あっ、ごめんなさいね。シャーロットのことを思い出していたわ」

「いつか会いたいです、シャーロットに」

「そうね、いつかランシェル王国に行けるといいわね」

アデルは優しく子どもたちに微笑んだ。姉のオリヴィエもまた、嫁ぐ日にシャーロットと別れたくない、一緒《いっしょ》に来てほしい、としがみついて泣いていたっけ、と昔を懐《なつ》かしく思い出していた。

◇　◇　◇

シャーロットは三十八歳になっていた。いまだに若く美しく、子どもが三人もいるようには見えない。シャーロットの二人の娘《むすめ》は母に似てすらりと背が高い。

末っ子でフォーレ侯爵家の跡取《あとと》りの長男はまだ十一歳だ。

娘たちはシモンのプラチナブロンドの髪《かみ》を受け継《つ》ぎ、長男はシャーロットのダークブロンドの髪を受け継いでいた。みんな強く美しい母が大好きだ。

「シャーロット、今日も仕事が楽しかったんだね。顔が生き生きしているよ」

「ええ。とても楽しかったわ、あなた」

シャーロットは仕事を続けていて、今はオレリアン国王夫妻の王女のお付きを任されている。

シャーロットの長女は十六歳になり、来週から上級侍女として城仕えを始める。

母に憧《あこが》れている次女は十四歳で、城仕えに出る姉が羨《うらや》ましくて仕方ない。

「私の城仕えは人に恵《めぐ》まれたから」とシャーロットは言うが、夫のシモンは知っている。

彼女が手に入れた幸せはどれも、彼女の誠実さと努力で手に入れたものなのだ。

番外編

スザンヌとレオ

菓子店《かしてん》でスザンヌとシャーロットがおしゃべりをしているとき、たまたま通りかかったレオに同席してもらった。その場のほとんどはシャーロットとレオがしゃべり、スザンヌは二人の会話を聞いているだけだった。

それだけの出会いだったが、スザンヌは恋《こい》に落ちた。

「恋愛話《れんあい》はごちそう」と言い切るスザンヌだが、これが彼女にとって初めての恋患《こいわずら》いだ。

仕事で忙《いそが》しくしているとき以外、スザンヌはずっとレオのことを考えている。そしてついに、シャーロットに「お昼を一緒に食べたいの」と声をかけた。もちろん話題はレオのことだ。

「庭でレオさんを見かけないけれど、あの方、どこで働いているのかしら」

「私は何度かお庭で見かけましたよ」

恋に疎《うと》いシャーロットも、さすがに今回は気がついた。

（スザンヌさんはレオさんが好きなのね。だったら私がきっかけを作ってあげようかしら）

知識だけは恋の手練《てだ》れのスザンヌに、恋に疎いはずのシャーロットが提案した。

「スザンヌさん、今度、スザンヌさんの家にレオさんを誘《さそ》って遊びに行ってもいいかしら。スザンヌさんのおうちは大家族で楽しいから、また遊びに行きたいんだけど。いい？」

「い、い、い、いいけど？　なんでレオさんを連れてくるの？」

「私が一人でおじゃまするより、レオさんと二人の方が楽しいでしょう？　あ、厚かましいかしら」

シャーロットの提案に、スザンヌが抗《あらが》えるはずもない。

「わ、わかった。厚かましくない。大丈夫《だいじょうぶ》。でも、特別なご馳走《ちそう》は出ないわよ？」

「おしゃべりが目的だから、ご馳走じゃなくていつもの夕食がいいの。妹さん弟さんが喜ぶようなお菓子《かし》を持っていくわね」

「うん。ありがとう」

スザンヌが慌てているのを微笑ましく思いながら、シャーロットは庭師長のポールに伝言を頼んだ。

「用事があるので、明日の夜、門のところに来るようにレオさんに伝えてくださいね！」

「わかったよ。ありがとうな、シャーロット。あいつは友達がいないようだから、仲良くしてやってくれ。俺《おれ》からも頼むよ」

「お任せください、ポールさん」

翌日の約束の時間。使用人用の出入り口に来たレオは警戒《けいかい》していた。

(もしかしたら、俺の正体に気づいたのか？　連れて行かれた先で、シモンが剣を振りかぶって待っているんじゃないだろうな？)

そんないらぬ心配をしてシャーロット待っている。

「レオさん、来てくれたんですね。さあ、行きましょうか」

「ポールさんに言われたから来たけど、なに？　どこに行くんだ？」

「これからスザンヌさんの家に、夕飯を食べに行くの。これからお菓子を買って、それから行きましょうか」

「待て待て待て。スザンヌってこの前、三人で菓子を食べたときのあの娘《こ》か？　なんで俺が」

「なんでって、私一人で行くよりレオさんと一緒の方が楽しいからです」

揺《ゆ》らがぬまっすぐな眼差《まなざ》し。シャーロットの「スザンヌさんの恋を応援したい」という気迫に負けるレオ。

「あなたと一緒の方が楽しいのだ」と言い切るシャーロットに反対する言葉を持っていないレオは、「お、おう。そうか」とつぶやいて菓子店に入った。

シャーロットが手ごろな値段の菓子をたくさん買い込《こ》んで支払《しはら》いを済ませようとするのを、レオが止めた。

「俺が払うよ」

「どうしてです？　私が誘ったんだから私が払います」

「いや、それじゃ俺は、ただ飯を食いに行くだけのずうずうしい男になっちまうだろうが」

「あら、そんなことを気にするんですね」

「そりゃ……いや、あんたは俺をいったい何だと思っているんだ」

「何って。友人のレオさんだと思っています」

というやり取りの末、レオが菓子代を払い、手土産《てみやげ》を抱《かか》えてスザンヌの家へ向かった。

スザンヌの家で、レオは人生で初めての経験をする。

善良を絵に描《か》いたような一家に歓迎され、口の中でもごもごとお礼の挨拶をしているうちに椅子に座らされ、次々と料理を勧《すす》められた。まずはスザンヌの母親に料理を次々渡された。

「レオさん、この煮込《にこ》み、気に入ったかしら？　そう。気に入ったのならよかった。じゃあもっと召《め》し上がれ」

次は温厚《おんこう》そうな父親に話しかけられた。

「レオさん、遠慮《えんりょ》はなしだ。スザンヌの友達なんだろ？　腹いっぱい食って行ってくれ」

スザンヌの両親は、「レオはスザンヌの友人」というシャーロットの説明を真に受けて、初めて訪問したレオを歓待《かんたい》している。

スザンヌの弟は、いつもより少し豪華《ごうか》な夕飯に気をよくして、無邪気《むじゃき》に話しかけた。

「レオさんはお姉ちゃんの友達なんでしょ？　お姉ちゃん、レオさんが来るのをすごく楽しみにしていたんだよ！　この肉の煮込みは、お姉ちゃんが作ったんだ。お母さんに教わって、頑張っていたんだよ！」

スザンヌが蚊《か》の鳴くような声で「ひぃぃ」と言ったのを聞いたのは、レオだけ。シャーロットはスザンヌの母親に煮込みの作り方を聞くのに忙しくて聞いていなかった。

「とても旨《うま》いです」

レオにそう言われて、スザンヌが固まった。

「あ、ありがとうございますっ」

スザンヌは顔を真っ赤にして、小さな声で返事をした。

「こんな旨い煮込み、初めて食べます。スザンヌさんは料理が上手ですね」

真っ赤になって絶句しているスザンヌを見て、シャーロットはキャベツの酢漬《すづ》けを口に運びながら微笑んだ。

「レオさんはお休みの日は何をしているんですか？」

スザンヌのすぐ下の妹が、真面目な顔で質問した。

「休みの日は、特には何も。お城の庭仕事をしているから、切り落とした枝をナイフで削《けず》ったりしています」

ナイフの腕《うで》が鈍《にぶ》らないようにナイフを手放さない、とは言えない元暗殺者は、苦しい説明をした。しかしスザンヌの妹はそこから追撃《ついげき》の手を緩《ゆる》めない。

「削って何をつくるの？」

「何ってこともないけど」

「木の枝を削って、ウサギ、作れる？」

「作れると思う」

「ほんとに？　じゃあ、次に来るとき、作ったウサギを持ってきてくれる？」

少女にそう言われて、レオは「わかりました」と約束してしまった。

「やった！　いつ？　レオさんは今度いつ来るの？」

「僕《ぼく》も欲《ほ》しいよ。お姉ちゃんだけずるい！　僕は犬がいい！　僕には犬を作ってくれる？」

「あ、ああ。いいけども」

こうしてレオは次の約束をしてしまった。今回もスザンヌは聞き役で、（次があるの？）

と喜んでいることも言葉に出せないでいた。

帰り道、無言で歩くレオにシャーロットが笑いながら話しかけた。

「楽しかったでしょう？　私、一人っ子だからあの賑《にぎ》やかな雰囲気が羨ましくって」

「あのさ、次はいつにするんだよ。俺、約束したウサギと犬と猫《ねこ》と馬の彫《ほ》り物、それまでに作っておかなきゃならないから」

シャーロットはわざと驚《おどろ》いた顔をした。

「あら、私は急ぎの刺繍の仕事があるんです。だからレオさんは一人で行ってくださいよ。次は……そうですねえ。二週間後ぐらいでいいんじゃないですか？　スザンヌさんに、そう伝えておきます！」

「えっ。俺一人？　いや、変だろ。友人のあんたが行かないのに、俺だけ行くわけには……」

「レオさんとスザンヌさんはもう友達になったんですから、なにも変じゃありません。じゃ、私はここで。おやすみなさい！」

「おいっ！」

その後、レオはシャーロットに「一緒に行ってくれ」と頼もうとしたが、そもそも働く場所が違《ちが》いすぎて顔を合わせることがない。ぶつぶつ言いながら、レオは毎晩木の枝を削っては小さな動物を作り続けた。

そして二週間後。今度もレオは歓待された。スザンヌの妹弟は、木彫《きぼ》りの小さな動物を受け取って大喜びだ。

「たくさん食べてね」と嬉《うれ》しそうな顔をするスザンヌの母。

「酒も飲むだろ？」とっておきの酒を出してくる父親。

（こんな家がこの世にあるんだな）

あまりの居心地《いごこち》の良さに、レオはすっかり油断していた。

「レオさん、お姉ちゃんには？　お姉ちゃんには何も作ってくれなかったの？」

スザンヌの妹が真顔でそう言ったとき、レオとスザンヌの二人が同時に慌《あわ》てた。

「そうか、そうだった。すみません、スザンヌさん。俺、気が利《き》かなくて」

「と、とんでもありません！　こうして遊びに来てくれて、妹たちにお土産《みやげ》まで持ってきてくれただけで十分です。妹が失礼なことを」

「今度、スザンヌさんにもなにか作ってきます。何がいいですか。あ、木彫りの動物なんていりませんよね？　何か違うものを買ってきますから」

「いりますっ！　わ、私もレオさんが削った木彫りの動物が欲しいです！」

スザンヌは叫《さけ》ぶように急いでそう言って、すぐに後悔《こうかい》した。

（手作りの物を欲しがって許されるのは、子供と恋人《こいびと》だけなんじゃない？　私ったら、なんて図々《ずうずう》しいことを）

恋愛話が大好物だが恋愛未経験のスザンヌが慌てて訂正《ていせい》しようとしたが、レオは真面目な顔でうなずいた。

「わかりました。なにか作ってきます」

ここまできてやっと、スザンヌの両親は娘の恋心《こいごころ》に気がついた。

洋品店を営む父親は、メジャーを持ってきてレオの寸法を測り「次までにシャツを作っておくよ」と言い、母は「レオさんの好物はやっぱり肉料理かしら。次はローストポークを作るわね。それともスザンヌが作ったほうがいいかしら」と次回の約束を取り付ける。

夕食をご馳走になったレオが帰る時間になり、家の外まで見送りにきた家族が全員で「お姉ちゃんはレオさんを送ってあげて」とスザンヌの背中を押《お》した。

二人は無言のまま歩いていたが、レオが足を止めて困ったような顔で話しかけた。

「あの、何度もお邪魔《じゃま》することになって。申し訳ないと思っているんだ」

「いえ！　毎週レオさんに何かしら作らせているのはうちの家族ですから。こちらこそごめんなさい」

そこからまた無言で歩く。お城までもうすぐ、というところでレオが再び立ち止まった。

「スザンヌさん、俺、こんなに楽しい時間を過ごせて、ありがたいと思ってるよ。でも、さすがにこんな毎週は申し訳な……」

「いいえ！　父も母も妹たちも、みんなレオさんが来てくれるのを楽しみにしているんです。申し訳ないなんて、そんな……そんなこと、ないんです」

「そうか。お父さんがシャツを作ってくれるって言っていたね。お礼をしなくちゃ。お父さんは何が喜ぶかな」

「父は、きっと、レオさんがまた来てくれるのを喜びます」

スザンヌはそこまで言っただけで息も絶え絶えになった。

そんなスザンヌの様子を見ていたレオの表情が、ふっと優しくなる。

「スザンヌさんは？　俺が毎週のように遊びに行くことをどう思ってる？　厚かましい男だと思ってないか？」

顔を覗《のぞ》き込まれて、スザンヌは首を振るのが精いっぱい。もはや涙目《なみだめ》である。

「そうか。よかった。もう来ないでくれと言われたら、俺、どうしようかと思った」

「え？」

レオは整った顔に笑《え》みを浮《う》かべて、スザンヌの顔の高さに腰をかがめた。

「また遊びに行きたい。スザンヌさんの作った料理が食べたいです。あの煮込み、本当においしかった」

（えっと、えっと、ここはなんて言うべき？）

動揺《どうよう》して何も言い出せないスザンヌの、ふっくらした手をレオがそっと握った。

「また遊びに行かせてください。次は、スザンヌさんのために何か彫ってきます。ごちそうと楽しい時間のお礼が、木彫りの贈《おく》り物ってのも、冴《さ》えない話だけど」

そう言ってレオは「おやすみ」と言ってお城へと帰って行った。

そして一週間後。

レオはスザンヌの家を訪《おとず》れた。妹弟たちにはお菓子の大袋《おおぶくろ》を。母親にはブローチを。スザンヌには赤いザクロ石と小さな木の玉で作ったペンダントを手渡《てわた》した。木の玉には細かく飾《かざ》り彫《ぼ》りが施されていて、それを小さなザクロ石が両側から挟《はさ》んでいるおしゃれなものだった。

スザンヌの家は一気に盛り上がった。涙ぐんでペンダントを受け取ったスザンヌを見て、父は「さあ、レオさん、飲もう」とワインの栓《せん》を開け、母は「スザンヌが作った煮込みよ」と山盛りの煮込みを勧める。

こうしてレオは毎週のようにスザンヌの家で食事をするようになり、次第《しだい》に「この家の家族になりたい」と思うようになっていった。

だが、スザンヌ一家と親しくなればなるほど、レオは自分の過去が後ろめたい。

（この善良な一家を苦しめることになる前に、正直に自分の生まれ育ちを伝えよう。それで『もう来ないでくれ』と言われたら、城を出て行こう）

そう覚悟《かくご》を決めたのは、何回目の訪問のときだったか。

夕食が終わった時を見計らい、「俺のことで、知ってもらいたいことがあります」と切り出した。

スザンヌの両親はレオの顔を見て何かを感じ取ったらしく、父親が下の子供たちに「自分の部屋で待っていなさい」と命じた。

レオは自分の生い立ちを話した。ろくでなしの父親、逃げ出した母親。偉い人に命じられて汚《よご》れ仕事をしていた父親が、自分に汚れ仕事を引き継がせたこと。

ただ、探していた相手がシャーロットだったことと、見つけたら殺せと言われたことは言えなかった。

（そのことは、俺が一人で墓場まで抱えていけばいい。この一家を苦しめてまで知らせる必要はない）

自分のためではなく、スザンヌ一家の心の平和のために言わずにいた。

「俺は、スザンヌさんみたいなきれいな身の上の人と、親しくしていい人間じゃありません。こんなに歓迎《かんげい》してもらえるとは思っていなくて、つい今まで居心地の良さに目がくらんで自分のことを何もお話しせずに……」

「君がやらされていた汚れ仕事とは、具体的に何をしていたんだい？」

スザンヌの父親が穏やかな声で尋《たず》ねる。だが声の中に、一家の主《あるじ》としての気迫が伝わってくる。場合によってはもうこの家に来てくれるな、という気迫だ。

「十七年間、ずっと、とある人を探していました。でも、私に仕事を命じた人は亡《な》くなり、人探しは終わったのです」

「そうか。レオさん、それならなにも問題はないよ。君は長い年月、人探しをしていた。主が亡くなって汚れ仕事をしないで済んだ。それはレオさんの運の強さだよ。運の強いレオさんとスザンヌが親しくなることに、私はなんの不満もない。十七年もずっと諦《あきら》めずに働き続けたことを、私はいいように解釈《かいしゃく》させてもらうよ」

レオはテーブルを見つめたまま口を開かず、深々と頭を下げた。今ここで何かを言えば、みっともなく声が震える気がした。

その夜の帰り道、いつものようにレオを送っているスザンヌに、レオが話しかけた。

「スザンヌさん、俺、スザンヌさんと付き合いたいなんて夢を、持ってもいいのかな」

スザンヌが何も言わないで自分を見ている。レオは慌てた。

「もしかして、俺、とんでもない勘違《かんちが》いをしてたのか？　うわ、そうだったらごめんな。今のは忘れてくれ！」

今度はスザンヌが慌てた。

「勘違いじゃありません！　私も、私も、その……」

「その？」

「レオさんとお付き合いできたら嬉しいです！」

スザンヌが頬《ほお》を真っ赤にしてそう答えると、レオは初めてスザンヌをそっと抱き締《だし》めた。

「俺みたいなどこの馬の骨とも知れぬ男では、スザンヌさんのご両親に許してもらえないと思っていた」

レオのたくましい腕の中で、スザンヌが真っ赤になりながらか細い声を出した。

「父さんが、この前、『レオさんはいい人だな、逃がすなよ』って言っていました」

レオがスザンヌを包んでいた腕に力を込めた。

「そうか。ありがたいよ……。スザンヌさん、今度は二人でどこかに出かけようか。互《たが》いの休みはなかなか合わないだろうから、夜、食事に行こうよ」

「は、はい、レオ、さん……く、苦しい」

「あっ！　すまない！　つい力を！　スザンヌさん！　息！　息を吸って！」

レオの本気の抱擁《ほうよう》で、スザンヌは危《あや》うく酸欠で失神するところだった。

こうしてスザンヌとレオは、週に一度はスザンヌの家で食事をし、それとは別に週に一度は二人だけで食事をする習慣ができた。レオはスザンヌも彼女《かのじょ》の家族も大好きだ。夢のような家庭だと思っている。レオのその気持ちはちゃんと家族に伝わっていた。

家族に祝福され、歓迎されて二人が結婚《けっこん》したのは、シャーロットと三人で初めて顔を合わせた日から一年半ほど後のことだ。二人の結婚からだいぶ遅《おく》れてシモンが借財を返し終わり、シャーロットとシモンの結婚式にレオとスザンヌが参列するのである。

今、レオはお城で庭師として頭角を現している。仕事を終えるとまっすぐにスザンヌが待つ家に帰る。賑やかで温かいスザンヌの家が、今ではレオの家だ。

「お帰りなさい」

「ただいま。身体《からだ》はなんともないか？」

「ええ。今日はおなかの中で、よく動いていたわ」

「俺の子供が生まれるなんて。夢かと思うよ」

そう言って笑うレオの表情に、以前の暗い影《かげ》はない。

番外編

イブライムとランの花

「陛下、本日の午後、ジャクリーン・ヒースコート侯爵令嬢《こうしゃくれいじょう》との茶会がございます。こちらがジャクリーン嬢《じょう》の釣《つ》り書きです」

バンタース王国の若き国王となったイブライムは、侍従《じじゅう》ルイが差し出した書類を手に取って目を通した。

「侯爵家の三女で二十一歳《さい》。なぜこの年齢《ねんれい》まで独身なのだろう。なにか結婚に差し障《さわ》りが出るような理由が？」

「陛下も二十歳《はたち》を過ぎて独身ではありませんか」

「僕は差し障りがありすぎるからね」

「陛下、笑えない冗談《じょうだん》はおやめください」

「ふふふ。わかったよ。穏便《おんびん》に茶会を済ませよう。己《おのれ》の役目はちゃんと果たすよ」

「お願いします」

イブライムは悪名高い父を持った己の不運に、今更《いまさら》文句を言うつもりはない。この国の民たちの平穏《へいおん》のために王家支持派の貴族の娘と結婚し、跡継《あとつ》ぎを得て、政治の舵取《かじと》りをしていく覚悟はできている。

彼が国王になる以前から、重鎮《じゅうちん》たちの間には「一刻も早く王太子妃《ひ》選びを済ませ、すぐに御子《おこ》を得ていただかねば」という空気が充満《じゅうまん》している。

イブライム新国王は『頭脳明晰《めいせき》で温厚、臣下にも民にも思いやりがある賢王《けんおう》』と言われている。

だが侍従のルイはイブライムの王子時代の苦しみを長年間近で見てきた。だから、「評判が良くて、何より」と簡単に喜ぶ気になれない。

ライアン元国王が突然死《とつぜんし》したあと、元国王を慕《した》っていた高位貴族たちは、イブライムが幼い頃から彼に刺々《とげとげ》しい視線と言葉をぶつけてきた。それも面と向かってではなく、すれ違いざまに聞こえよがしにつぶやく、という卑怯《ひきょう》なやり方で。

「兄殺しの息子《むすこ》だ。大人しそうに見えるが、本性《ほんしょう》はわかったものではない」

「カエルの子はカエルと言うからな」

イブライムの父であるジョスラン前国王は恐怖《きょうふ》政治を敷《し》き、逆らう者は容赦《ようしゃ》なく退けた。簡単に退けられない立場の貴族は、なぜか事故死したり突然死したりする。

ライアン元国王を慕っていた貴族たちだけでなく、ほとんどの貴族がジョスラン前国王を恐《おそ》れていた。

少年時代のイブライムは自分に向けられる悪意に対して、全て気づかないふりをし続けて、父には一切訴《いっさいうった》えなかった。そして自分の部屋に入って使用人を下がらせ、うつろな表情で何時間も過ごして、心の痛みに耐《た》えていた。

自分の父は誰《だれ》にも愛されていないという事実、そして自分がそんな父の子であることが、少年時代のイブライムに重く暗い影を落としていた。

イブライムの学友として共に生きてきたルイは、(彼の心が、いつか壊《こわ》れてしまうのではないか)と長年案じていた。

そんなイブライムだが、趣味《しゅみ》のランと向かい合っている時だけはくつろいだ顔になる。

「本当は植物学者になりたかったんだ」と冗談めかして漏《も》らす言葉が本音なのも、ルイは知っていた。

午後になり、日当たりのよい城の一室で茶会が始まった。

イブライムは向かいの席に座《すわ》っている侯爵令嬢ジャクリーンに優《やさ》しく問いかけた。

「あなたは逃げ道がない状態でここに来たのだろうね。申し訳なく思うよ」

「えっ?」

ジャクリーンは驚いて、思わず素の表情を出した。そしてイブライムの顔をまじまじと見てしまう。

イブライムは温厚そうな表情だが、ジャクリーンから視線を逸《そ》らしたまま話を続ける。

「侯爵に命じられて来たのでしょう？　『断ることは許されない』と。厳命されて、暗い気持ちで来たんじゃないのかな。大丈夫。僕のほうから断る分には問題はない。侍従には『気が進まない』と言っておくよ」

イブライムの言う通り、父親に『侯爵家の娘として役目を果たしてこい』と言われて来たジャクリーンは、返す言葉もないままイブライムを見た。

（失礼にならないように、なにか言わなくては）と焦《あせ》るが、思いつく言葉のどれが正解でどれが不正解なのか、自信がない。

「顔を合わせてすぐに茶会を終わらせたら、あなたが叱られるだろう。だからそれなりの時間を私と一緒に過ごしてもらいたい。話題は、そうだなあ、あなたはランは好きかな」

「はい。好きでございます」

ジャクリーンが即答《そくとう》し、イブライムは初めて彼女の顔に視線を向けた。

「ほう。ランのどんなところが好きなのかな？　やはり花？」

「いいえ。私はランの生きざまが好きです」

イブライムは手にしていたティーカップを置き、興味を持ってジャクリーンを見た。少し日焼けした健康そうな肌《はだ》、豊かな黒髪《くろかみ》、聡明《そうめい》そうな灰色の瞳《ひとみ》。体格はしっかりしていて、病的なまでに細い高位貴族の令嬢《れいじょう》たちとは明らかに違っている。

「ランには地に根を下ろす種類と、樹《き》や岩肌《いわはだ》に根を張り付けて育つ種類がございますね。私は樹や岩肌に着生し、わずかな水分と栄養で生きる種類を好んでおります」

「その理由は？」

「生き延びて子孫を残すために、あえて競争相手の少ない厳しい環境《かんきょう》を選び、他の植物に競《せ》り負けないようにしながらも豪華な花を咲《さ》かせる。そんなランのしたたかな生き方が好きなのです」

イブライムはそれを聞いて、ジャクリーンに強い興味を持った。

「貴族の令嬢に、そのような知識と考えを持つ人がいるとは。驚いたよ。よかったら、ランの話をもっと聞かせてほしい。いや……それとも私が収集したランを見に行くかい？」

「まあ！　よろしいのですか？　ぜひ！　ぜひ拝見させてください！」

これまでとは別人のようにはしゃぐジャクリーンを見て、イブライムは思わず口元を緩めた。

二人は城を出て温室に進む。護衛を出入り口に残して、二人だけで温室内に入った。ジヤクリーンは収集されたランの多さに目を見張る。

「素晴《すば》らしいです。これほどの種類が一度に見られるなんて、この先一生ありませんわ。見たことがない品種がこんなに」

目を輝《かがや》かせてランを見ているジャクリーンを見て、ふと、彼女がなぜこんなにランに詳《くわ》しいのだろうと不思議に思う。

「ジャクリーン嬢、ずいぶんとランに詳しいのですね」

イブライムの言葉に、ジャクリーンが微笑《ほほえ》んだ。

「私の母は南のアルファンダ王国の出身なのです。父は最初の妻を失って体調を崩《くず》しました。気分転換《てんかん》と療養《りょうよう》を兼《か》ねて出かけた先で、母を見初《みそ》めたのだそうです。母は故郷のランの花を愛しておりましたが、五年ほど前に病没《びょうぼつ》しました。私は母が遺《のこ》したランの世話をしているうちに、ランが大好きになりましたの」

「ああ、それで」

バンタース王国の南に位置するアルファンダ王国は、穀物の栽培《さいばい》に向く平地が少ない。鋭《するど》い山々と鬱蒼《うっそう》とした森が国土の大半を占《し》める貧しい国だ。バンタース王国の人間は、アルファンダ王国とその国民を見下す傾向《けいこう》がある、とイブライムは聞いている。

（母親があの国の出身だから、嫁《とつ》ぐのが遅れたのだろうか）

そう思ってみれば、彼女がしっかりした大柄《おおがら》な体格で健康的な肌の色なのも納得《なっとく》がいく。

イブライムはランの育て方のコツを説明しながら温室内を隅々《すみずみ》まで案内した。かなりの時間、ジャクリーンは温室内のランを楽しんだ。

「陛下、本日は貴重なランを見学させていただき、ありがとうございました」

「私も楽しかった」

イブライムはそこで口を閉じてジャクリーンを見送った。

「またあなたと一緒にランを見たい」という言葉は飲《の》み込んだ。父親に厳命されて来た彼女にそんなことを言えば、ジャクリーンは従うしかないからだ。

「それは気の毒だな」

「誰が気の毒なんです、陛下」

「ああ、ルイ。いたのか」

「さっきからおりましたよ。今日はずいぶんと話が進んだようですね。ジャクリーン嬢を気に入りましたか？」

イブライムは答えない。

「どのご令嬢も陛下が断ってしまうから、『もしや陛下は結婚する気がないのでは』などと言う輩《やから》もいるのですよ？」

「婚約者《こんやくしゃ》はそのうち必ず決める。そんなに焦るな。ジャクリーン嬢とは共通の趣味で話が弾《はず》んだだけだよ」

「そうですか」

そこでイブライムは「ふと思いついた」という感じにルイに問いかけた。

「なあルイ。我《わ》が国《くに》ではアルファンダ王国の出身者に対する偏見《へんけん》は強いのだろうか」

「平民の間ではそれほどでもありませんが、貴族の間では確かに偏見がございます。ジャクリーン嬢の母親は王族でしたが、生活習慣も常識も違う我が国に嫁いで、かなり苦労したようです。それもあったのか、ヒースコート侯爵家には男女五人の子がいますが、母親が違う彼女だけは、社交界に顔を出していません」

「そうか」

しばらく考えてからイブライムは部屋を出て行こうとするルイに声をかけた。

「ルイ、ジャクリーン嬢をもう一度城に招いてくれるか？」

そう言われたルイが「面白《おもしろ》いことを聞いた」という顔で振《ふ》り返る。

「おやぁ？　やっぱりあのご令嬢をお気《き》に召したのですね？」

「違うよ。話がしたいだけだ」

「はい、承知いたしました。話がしたいだけ、ですね」

足取り軽く出て行くルイを見て、イブライムが苦笑《くしよう》する。男女の感情で興味を持ったのではない。「兄殺しの息子」と言われながら育った自分と南国の人間の娘《むすめ》と言われて育ったジャクリーン。

(似た苦労をした者同士で、またランの花を楽しめたら、と思っただけだ)

そんな気持ちでいたイブライムは、次にジャクリーンに会ったとき、思いがけない言葉を向けられた。

「再びお招きいただき、光栄でございます。ですが陛下、失礼なのを承知でお尋ねしたいことがございます。陛下はアルファンダ王国出身の母を持つ私を、哀《あわ》れとお思いになったのではありませんか?」

イブライムは図星を指されてたじろいだ。ジャクリーンは穏《おだ》やかに微笑んで言葉を続ける。

「もしそうお考えでしたら、ご心配には及《およ》びません。私が社交界に出ず、貴族とのお付き合いもしていないのは、意地悪をされたからではありませんわ。意地悪はされましたが、そんなことで貴族社会に見切りをつけたわけではないのです。私はこの国とアルファンダ王国との間に、もっと人と物の交流を広げたいのです。そのためにはまず、植物での商取引を始めたいと計画しております。まずは貴族社会よりも、裕福《ゆうふく》な平民を相手にするつもりです」

「侯爵家の令嬢が、商売を？」

「貴族の令嬢が働くなど卑《いや》しい、とお考えでしょうか」

「私は貴族が働くことを卑しいと思ったことはないよ。ただ、商売は人脈や長年の付き合いがものを言う世界だからね」

「全てはこれからですわ。ダンスや噂話《うわさばなし》で費《つい》やされる時間を、私は商売に使いたいのです。陛下、着生種のランは、自ら土の無い場所を選んで根を張るのです。私はランを可哀想《かわいそう》と憐《あわ》れんだことはございません。その生きざまを称賛《しょうさん》しております」

　思いがけない言葉を聞いて、イブライムは突然シャーロットの言葉を思い出した。

　父ジョスラン国王のしたことを償《つぐな》いたいとした申し出たイブライムに、シャーロットは『私のことを忘れてほしい』『豊かな生活も訪れたことのない国の王族の地位も欲しいとは思っていない』と言っていた。

（ジャクリーン嬢も、堂々と我が道を生きる女性なんだな）

「そうか。ランの生き方のように、あなたは自ら困難な道を選ぶのだね」

「はい。困難もまた、楽しめる人間でありたいのです」

　ジャクリーンは立ち上がり、上品に淑女《しゅくじょ》のお辞儀《じぎ》をした。

「陛下、本日はお招きをありがとうございました。では、私はこれで……」

「待って！　確かに私は君に同情した。失礼だったね。心から謝罪する。だから……もう少し話をしてくれないだろうか」

頭を下げるイブライム国王を見て、ジャクリーンは慌てた。

「陛下、私ごときに頭を下げるなど、おやめくださいませ！」

「では、もう少し話の相手をしてくれるかな」

「はい。もちろんでございます」

その日、二人の会話はルイが「会議の予定が」と知らせを入れるまで続いた。そしてイブライムは次の週もジャクリーンを呼び出した。その次の週も。そのまた次の週も。

イブライム国王が毎週ジャクリーン嬢を呼び出して会っているという事実は、貴族たちの間でたちまち噂《うわさ》になった。

あちこちの夜会で、ジャクリーンに対する様々な噂話が囁《ささや》かれるようになった。社交界に関わっていないジャクリーンの耳にまで噂話が届くようになったころ、イブライムは彼女に結婚を申し入れた。

「あなたが切り拓《ひら》こうとしているアルファンダ王国との交流に、私もあなたの夫として関わらせてほしいんだ」

「陛下……。まさか私をお選びになるとは。そしてアルファンダ王国との交流をお望みとは。陛下もランのような生き方をなさるのですね」

「それで、あなたの返事は？」

ジャクリーンはにっこりとうなずいた。

「謹《つつし》んでお受けいたします。陛下のお人柄《ひとがら》に、私は魅了《みりよう》されてしまいました」

こうしてイブライムはジャクリーンを王妃《おうひ》に迎《むか》えた。

王妃となったジャクリーンは、イブライムが貴族たちの悪意から彼女を守ろうとするたびにそれを断った。

「陛下、ご安心を。私は言葉の礫《つぶて》ごときに打ちひしがれるような、弱い女ではありません」

「そうか。君は岩に根を下ろして咲くランだったね」

「はい。肥沃《ひよく》な土で育った花には負けない強さが、私の身上です」

ジャクリーンはその宣言の通り、夜会で自分に向けられる悪意を平然と跳《は》ね返した。着々と自分の味方を増やし、立て続けに三人の男児を産んだ。

彼女の地盤《じばん》は着実に強固になっていく。

イブライムとジャクリーンの肝《きも》いりで、バンタース王国とアルファンダ王国の交流は活発になった。

バンタース王国の学者がアルファンダ王国内での野外調査で、難病の特効薬につながる植物を発見するのは、二人の結婚から十年過ぎたころのことだ。

バンタース王国はアルファンダ王国の豊かな植物を糧《かて》に、薬の開発に関して他国より一歩抜《ぬ》きん出た存在になっていく。その利益はアルファンダ王国をも潤《うるお》した。

「ジャクリーン、世の中には結ばれるべくして結ばれる縁《えん》があるものだね。君のおかげで私はそれを学んだよ」

「私もです、陛下。互いにランに興味がなかったら、今の私たちがあったかどうか」

「それがね……私は互いがラン好きでなかったとしても、別のなにかで君と話が盛り上がった気がするんだ。君とはそんな縁を感じるんだよ。生きていてよかった。こんなに心を満たされる日々が待っていたのだから」

「長生きしてくださいませ。私と陛下の人生は、これからが面白くなるところですので」

ジャクリーンは、子供たちの遊ぶ姿を眺《なが》めながらイブライムに笑いかける。

イブライムは今までの人生の中で、今が一番楽しく幸せである。

初めての夜会

ひっそりと結婚式を済ませ、フォーレ侯爵家で新婚《しんこん》生活を始めたシャーロットとシモン。気心の知れた使用人たちと平和な日々を過ごしている。

ある日の夕食時、シモンが落ち着かない様子で話を切り出した。

「シャーロット、気が進まないお願いがあるんだけど」

「なんでしょう。私にできることでしたら、なんでもおっしゃってください。全力でお応えします」

「フォーレ侯爵家の当主として、君を夜会に連れて出なければならないんだ。陛下のご命令でね」

「夜会……」

シャーロットの動きが止まる。シモンが心配そうな顔になった。隣国《りんごく》の王女として生まれたシャーロットだが、赤子のときから森の中の一軒家《いっけんや》で育っている。シモンは平民として育った妻を貴族社会に連れ出すのは、負担を強《し》いることになると心苦しかった。

「そうですよね。侯爵家夫人になったのですもの。皆様《みなさま》にご挨拶《あいさつ》をしないわけにはいきませんね」

「すまない。王家主催《しゆさい》の夜会が近々開かれるんだけど、参加するのはほぼ義務だし、参加すれば新婚の我々はダンスをしないわけにはいかないんだ。それが慣習でね。だからダンス講師をここに呼んで……」

「いえ」

シャーロットが笑顔《えがお》でシモンの言葉を遮《さえぎ》った。なぜか目が輝いている。

「ダンスでしたら、母にみっちり仕込《しこ》まれました。お任せください。教わっていた当時は『こんな森の中でなぜにダンスを？　私は狩《か》りをしたいのに』と思っていました。でもついに！　あの膨大《ぼうだい》な時間をかけたダンスの成果を人に見せる日がきたのですね」

シャーロットの全身から立ちのぼる気迫《きはく》は、まるでこれから剣《けん》の打ち合いをするかのようだ。

「シャーロット？　ダンスの話なんだけど」

「ええ、わかっています。その夜会はいつでしょう？　シモンさんと二人で肩慣《かたな》らし……ではなくて、おさらいをしなくてはなりませんね」

「あ、うん。夜会は二週間後なんだ」

「二週間……。おさらいをするには十分ですね。今夜からさっそくダンスの練習をいたしましょう」

張り切るシャーロット。なぜそんなに張り切るのかわからないまま気圧《けお》されるシモン。

二人は食事を終えると、ホールでダンスの練習を始めた。そして踊《おど》り始めてすぐに、シモンは理解した。シャーロットのダンスは完璧《かんぺき》で、複雑なステップも楽々こなすだけでなく、踊ることを心から楽しんでいるのが伝わってくる。

立て続けに三曲分を踊った。二人の額にうっすら汗《あせ》が滲《にじ》んでいるが、息はあがっていない。

「完璧なダンスだ。君を育ててくれた人は、侍女《じじょ》と護衛騎士《きし》だったのだろう？　なぜここまでダンスが上手《うま》いんだろう」

「母はいつも主のダンスのおさらいの相手をしていたそうです。王妃だった実の母と一緒《いっしょ》にダンスのレッスンを受け、男性役を覚えたと言っていました」

「シャーロットがどれほど練習を重ねてきたか、すぐにわかったよ。熟練の踊り手だ」

「ダンスは父にもほめられました。身体の芯《しん》を意識して動くのは、剣も乗馬も弓矢も同じだと」

シャーロットは「懐《なつ》かしい思い出です」と満足そうに笑う。シモンはそんな妻を見ていると、たっぷりと両親の愛情を浴びて育つ少女時代のシャーロットが思《おも》い浮かんで優しい気持ちになる。

美しい妻と踊ることが楽しくて、シモンは毎日ご機嫌《きげん》だ。シャーロットも侯爵家の広いホールで大きく空間を使って踊る楽しさを、毎日満喫《まんきつ》している。ドレスとアクセサリーは、既《すで》に準備を終えた。

「シモンさん、小さな家で踊るのとは全然楽しさが違います。それにあなたはなんて上手にリードしてくれるのかしら。自分の身体が軽くなったよう」

「ダンスがこんなに楽しいのは、私も初めてだよ」

フォーレ家の使用人たちは、「私たちにも旦那様《だんなさま》と奥様《おくさま》のダンスを見せていただけませんか？」と恐る恐る申し入れた。

「あら、もちろんよ。見てくれる？」と気さくに了承《りょうしょう》されてから毎晩、使用人たちは美しい二人が踊る姿を眺めるのを楽しみにしている。

「舞台《ぶたい》を見ているような」

「旦那様の嬉しそうなお顔を見ていると胸がいっぱいになる」

シモンの不幸を知っている使用人たちは涙《なみだ》ぐみながらささやき合った。

夜会の当日。

シモンは（意地の悪い連中からシャーロットを守らねば）少し緊張《きんちょう》気味だ。だがシャーロットは（準備は万端《ばんたん》よ）と笑みの奥《おく》に闘志《とうし》を潜《ひそ》ませた。

何度か侯爵家のホールで練習をしたが、シャーロットのダンスは筋金入り。なんの問題もなかった。

「なるほど。君を育てた母上は、万事《ばんじ》にぬかりがなかったようだ」

「あれだけの時間を費やしましたから」

微笑むシャーロットは母を褒《ほ》められて誇《ほこ》らしげだ。

夜会の当日、シモンのエスコートでシャーロットが会場に足を踏《ふ》み入れると、皆《みな》が視線を向けてきた。

シモンの母が孤島《ことう》での療養をさせられていることを知っている貴族たちは、興味本位の視線を向けた。シャーロットに対しても「あれが平民あがりの侯爵夫人か」と侮《あなど》る者もいたし、「王家のお気に入りの侍女だ」と様子見する者もいた。

シモンとシャーロットは、周囲の視線の意味なら重々承知だ。

笑顔で近寄ってくる人には笑顔で対応し、こちらを見ながらひそひそとしゃべっている者は見えないかのように知らん顔をした。

「よし、これでひと通り挨拶は済ませた。シャーロット、ではダンスを披露《ひろう》しようか」

「ええ。こんな広い会場で踊れるのは、腕《うで》が鳴ります」

シモンは（腕が鳴るって。剣の手合わせじゃないんだが）と苦笑しつつ、背筋を伸《の》ばしてシャーロットの手を取った。二人を目で追っていた貴族たちが興味津々《きょうみしんしん》の表情をむき出しにする。

「あら、踊るようですよ。彼女、どれくらい練習したのかしらね」

「無様なことにならなければいいけれど」

言外に「失敗すればいいのに」と醜《みにく》い願いを込《こ》めて人々が見守る中、二人が滑《すべ》るようにダンスを始めた。

「あら」

「そんなはずは！」

「なぜ？」

当てが外れた女性陣《じょせいじん》の悔《くや》しがる声があちこちで洩《も》れる。逆に男性陣《だんせいじん》は「ほお」「おや」と驚《おどろ》きつつ好感を持って二人を見ている。

シャーロットとシモンは空中を飛び回る蝶《ちょう》のように、水の中で戯《たわむ》れる魚のように、大理石の床《ゆか》の上で優雅《ゆうが》に踊っている。

「楽しいね、シャーロット」

「はい、楽しいです。夜会に出るのは初めてですけど、こんなに楽しいものだったとは思いませんでした」

「俺《おれ》もだよ。ねえ、もっと難しいステップを踏んでもいいかな。習ったけれど一度も試《ため》したことがないステップがあるんだ」

「望むところです。一度見せてもらったら、私も真似《まね》をします」

「言ったね？　一度で真似できるかな？」

笑いながらシモンが複雑なステップを踏み、シャーロットはすぐに真似をした。周囲の貴族たちは男も女も唖然《あぜん》としている。

「くっくっくっく」

皆の驚く顔を見たシモンが我慢《がまん》できずに笑い出すと、シャーロットもシモンに寄り添《そ》いながら上品に笑う。笑いながら踊り切って、満足そうに見つめ合う二人。その二人に国王の侍従が近寄り、声をかけた。

「陛下がお呼びでございます」

再び会場中の視線を集めながら、二人は国王夫妻の席に向かう。

「シモン、幸せそうだな」

「はい、陛下。生まれてから今まで、これほど幸せなことはありません」

「はっはっは。そうか。それは何よりだ」

続いてクリスティナ王妃がシャーロットに声をかけた。

「あなたはダンスも得意なのね。素晴らしかったわ。それもやはりお母様に？」

「はい。母にしごかれました」

「あなたは本当に興味が尽《つ》きない人ね」

「そう思っていただけるのは光栄でございます」

シャーロットとシモンは国王夫妻の前から下がり、テラスに出た。

「楽しかったわ」

「今夜は俺のそばから離《はな》れないほうがいい。オオカミがいっぱいいるからね」

「ではあなたにくっついて、あなたがオオカミにどう対処するのか見学します」

「いや、シャーロットの前では何もしないよ。腹黒いところを見せて嫌《きら》われたくない」

シャーロットは微笑むだけにとどめたが、（美しいお顔で腹黒いのなら、それはそれで魅力的《みりょくてき》なのでは？）と思う。これは恋愛《れんあい》小説が大好きな元同室の友人イリヤの影響《えいきょう》だ。

初めての夜会は大成功に終わった。

ダンスも会話のマナーも完璧。美人でスタイルもいい。その上、国王夫妻のお気に入りで王子王女のお世話係。シャーロットとのつながりを求め、夜会の翌日からお茶会のお誘《さそ》いが殺到《さっとう》した。だがあまり参加できていない。なぜなら……。

「君は週に六日は城で働いているんだ。残りの一日はゆっくり休むか……」

「休むか？　続きはなんでしょう？」

見るとシモンの耳が赤くなっている。

「その……俺と二人きりの時間も作ってくれると嬉《うれ》しいんだが」

どんどん赤くなっていく夫の耳を（可愛《かわい》い）と思いながらジッと見つめていたシャーロットは、にっこりと微笑んだ。

「もちろんです。二人でこっそり王都をお散歩しますか？　それとも馬で遠出しましょうか。それとも、あなたがお仕事をして私が刺繍《ししゅう》をしながら近くで見守っている、というのもいいですね。穀物の取引でお忙《いそが》しいのでしょう？　外に出かけなくても、私はあなたの近くにいられたら満足です」

実際忙しかったシモンは、シャーロットの提案に乗った。

シャーロットの休日。シモンは書斎《しょさい》で仕事をし、シャーロットはすぐ近くで刺繍をした。たまに目を合わせると照れ臭《くさ》そうに笑顔になるシモン。そんなシモンを（愛《いと》しい）と思いながら刺繍をするシャーロット。

屋敷《やしき》の使用人たちは、「うちのご主人様と奥様ほど仲のいいご夫婦《ふうふ》は見たことがない」「フォーレ侯爵家は安泰《あんたい》だ」と嬉しそうに言い合っている。

番外編

森の一軒家は今

「じいじぃ！　来たのぉ！」

「おお、来たか来たか。レイラ、ちょっと見ないうちに大きくなったなあ。どれ、抱《だ》っこさせておくれ。おっ、だいぶ重くなった！」

「お父さん、腰《こし》を傷《いた》めないように気をつけてよ」

「このくらいの重さはどうってことないよ。この前も鹿を担《かつ》いで持ち帰ったんだ」

「鹿……。大丈夫《だいじょうぶ》なの？　森の中で動けなくなったら、お父さんが餌《えさ》になっちゃうわよ」

「俺はまだまだ大丈夫だ。心配するな」

シャーロットとリックの会話を、シモンがニコニコしながら聞いている。

リックが抱っこしているのはシャーロットの長女レイラ。レイラは三歳で、父からは銀《ぎん》髪《ぱつ》を、母からは茶色の瞳と美しい顔立ちを受け継《つ》いでいる。

「よし、今度はイヴリンを抱かせてくれ」

「はい、どうぞ」

イヴリンは一歳。姉と同じ銀髪に茶色の瞳で、今はぐっすりと眠《ねむ》っている。馬車が揺《ゆ》れても姉のレイラが隣《となり》ではしゃいだ声を出しても眠り続けるおおらかな子だ。「さすが二番目の子。物おじしない」と皆に言われている。

壊れ物を抱くようにそっとイヴリンを受け取ったリックは、しばらくその寝顔《ねがお》を眺め、やがてじわりと目に涙を浮《う》かべた。

「お父さん？」

「いや、なんでもないんだ。ただ、こうして小さな子を抱くと、胸がいっぱいになるんだよ。あの夜、シャーロットを抱《かか》えながら城を抜け出したことが思い出されてね……」

「うふふ。お父さんたら、うちの娘たちを見るたびに同じことを言うのね」

「年寄りだと思って勘弁《かんべん》してくれ」

「こんなときばかり年寄りって」

シモンは穏やかな表情で二人の会話を聞いている。

実の親子でありながら家族の愛情に恵《めぐ》まれなかったシモンにとって、シャーロットとリックの遠慮《えんりょ》のない会話は、微笑ましく羨《うらや》ましい。

リックはシャーロットが結婚《けっこん》した当初、「身分が違《ちが》うのだから」とシャーロットに丁寧《ていねい》な言葉遣《ことばづか》いをしたことがあった。だがシャーロットに「他人みたいな口調はやめて。もうりをしている。

私に寂《さび》しい思いをさせないでよ」ときっぱり断られた。それ以降は気さくな言葉でやりと

「お母様、お父様、森に行きたい！」

レイラは森の中を探検するのが大好きだ。

「ではレイラはじいじにおんぶしてもらいましょうか」

「歩く！」

「レイラが足音を立てると、動物がみんな逃《に》げてしまうわ。それでもいい？」

「レイラ、じいじがおんぶするよ。動物を見つけたら下ろしてあげよう」

「はあい」

レイラが可愛くて仕方ないリックは、目を細めてレイラをおんぶする。今日はクレール

も森の家に一緒に来ていて、リック様は私がお預かりしますね」

「シャーロットさん、イヴリン様は私がお預かりしますね」

「はい、よろしくお願いします」

こうしてシャーロット、シモン、レイラ、リックの四人で森に入った。

「レイラ、あの木の枝を見て。きれいな小鳥がいるわ」

「かわいい。お母様、かわいいです」

ピチットはもう寿命《じゅみょう》を全《まっと》うしたらしく姿を見せることはなくなったが、同じ種類の小鳥はたくさん見かける。

(もしかしたら、ピチットの子や孫かもしれないわね)

シャーロットはそう思いながら歩いた。

リス、ウサギ、鹿、何種類もの野鳥。それらを眺めながら、四人は森を進む。動物を見つけるたびにはしゃいでいたレイラはやがて疲《つか》れて無口になり、リックが抱きかかえるとすぐに眠ってしまった。

「レイラが眠ってしまったのなら、家に引き返しましょうか」

「そうだな。そうしようか」

シモンがレイラを抱っこしているリックを心配して声をかけた。

「重くないですか？　代わりますよ？」

リックは笑顔で首を振る。

「この重さがまた愛しいのです。ついこの前に生まれたと思ったら、もうこんなに大きくなって。私が抱いて歩けるのも今だけでしょう。このまま抱かせてください」

「そうですか」

シモンと父のやり取りも、シャーロットには嬉しい。全てが収まるべきところに収まったと思う。

父と母が姿を消してから一年以上も行方《ゆくえ》がわからなかった日々はつらかったが、（あの日々があったから、今があるんだわ）と、つらい記憶《きおく》を受け入れている。

月日は流れてシャーロットの人生は大きく変わったけれど、森は以前と変わらずに豊かだ。うっとりした表情で森を眺めているシャーロットに、シモンが声をかけた。

「シャーロット、どうかしたかい？」

「私、森で育ったでしょう？　ここに来ると『帰ってきた』という気持ちになるの。お城での仕事は大好きだし、侯爵《こうしゃく》家のお屋敷での生活も楽しいけれど、ここが私の故郷だわ。しみじみ居心地《いごこち》がいいの」

「そうか。俺もここに来ると、なんだかとても調子が良くなる気がするよ」

「それならよかった」

そう言って微笑むシャーロットは二十代の後半。ますます美しさに磨《みが》きがかかっている。

フォーレ侯爵夫妻の仲睦《むつ》まじさは、社交界で有名だ。

レイラを抱きながら二人の前を歩くリックは、（ソフィア様にもこの子たちをお見せしたかった）と思い、こぼれそうになる涙をグッとこらえながら歩いている。

「ただいま」

森の家に着くと、クレールが昼食を用意して待っていた。

「あらあら、レイラ様は眠ってしまわれたのね」

「きっと目が覚めたら『ばあばの料理を食べたかった』と文句を言うだろうな」

シモンの言葉に、皆が笑う。

「イヴリン様はずっと眠っていらっしゃいますよ」

「この子は本当によく眠るわね」

苦笑しながらイヴリンを覗《のぞ》き込むシャーロットは、すっかり母親の顔だ。シャーロットのそんな姿を見ても、リックは胸が熱くなる。

「シャーロットもよく寝《ね》る子だったんだよ」

リックの失われた記憶は、今では大半が思い出されている。それもシャーロットにとっては嬉しい。

クレールの手料理がテーブルいっぱいに並べられたところで、レイラとイヴリンが目を覚ました。

「いい匂《にお》い！」

開口一番にそう叫《さけ》んだレイラに皆が笑う。

「幸せだ」

シモンがそうつぶやき、シャーロットも「ええ、本当に幸せね」と返す。リックとクレールは顔を見合わせて微笑んでいる。

シャーロットが休みのたびに通い続けた森の家は今、賑《にぎ》やかな笑い声に満ちている。

あとがき

最後までお読みくださり、ありがとうございます。

番外編に、ウェブ版では触れないで終わった暗殺者レオとスザンヌの話を書きました。それと、忘れてはならないイブライムの話も。二人の幸薄い男性がその後どうなったのか。書こう書こうと思いながら書けずにいた話を、やっとここで書くことができました。二人の話を書く場を与えていただけたのは、読者様が応援してくださったおかげです。

小説を書くことは孤独ではありますが、とても楽しい作業です。

楽しい楽しいと思いながらシャーロットを書いていた日々を、鮮明に覚えています。

皆様に応援していただいたことから始まり、月戸《つきと》先生の素晴らしいイラスト、他にも多くの方々のお力をお借りして、シャーロットを世に出すことができました。

全ての皆様に心から感謝しております。

ありがとうございました。

守雨《しゅう》

HJ NOVELS
HJN83-02

シャーロット 下
～とある侍女の城仕え物語～

2024年3月19日　初版発行

著者——守雨

発行者—松下大介
発行所—株式会社ホビージャパン
〒151-0053
東京都渋谷区代々木2-15-8
電話　03(5304)7604（編集）
03(5304)9112（営業）

印刷所——大日本印刷株式会社

装丁——AFTERGLOW／株式会社エストール

定価はカバーに明記してあります。

Printed in Japan

ISBN978-4-7986-3465-4　C0076

ファンレター、作品のご感想お待ちしております
〒151－0053　東京都渋谷区代々木2－15－8
(株)ホビージャパン HJノベルス編集部 気付
守雨 先生／月戸 先生